Conek-Metztli
(El hijo de la Luna)

Raul Venegas Rosales

RAUL VENEGAS ROSALES
CONEK-METZTLI (EL HIJO DE LA LUNA)

Dedicatoria

Quiero dedicar este libro a Mí, hija la cual me inspiro cuando era un bebe para que le contara historias para que lograra dormir, a mi esposa por el apoyo y enseñanzas que ha tenido a lo largo de nuestras vidas, desde que nuestros caminos se encontraron, a mi familia que hizo el esfuerzo de darme educación y nunca me detuvo cuando quería escribir.

Quiero también dedicar este libro a cada uno de mis maestros y trainers que tuvieron la capacidad de transmitir sus conocimientos y me enseñaron que el conocimiento no debe ser egoísta.

Quiero brindar una dedicación especial a mi padre que me dio las bases de mis valores, y siempre me enseño que en la vida no hay imposibles, si crees en algo puedes luchar y esforzarte hasta lograrlo, nunca vacíes tu corazón, porque un espíritu vacío nunca podrá transmitir amor y bondad a los demás, así tengas mucho conocimiento si te falta corazón, lo que traigas en la mente no importa.

Por último, quiero dedicar este libro a mi dios, o mis dioses como alma mestiza, llevo en mi sangre, diferentes culturas y es una manera de honrar mi mestizaje, y de no olvidar nuestras raíces.

Índice

1.- Conek-Metztli y el Regreso del Nahual

2.- El Umbral del Tiempo

3.- Las Profecías del Chaman

4.- El secreto de la Pirámide del Sol

5.- La Nueva Era de la Luz

Capítulo 1

(LIBRO 1)

CONEK-METZTLI Y EL REGRESO DEL NAHUAL

Daniela salió temprano de la iglesia, y caminó rumbo a las pozas, pues estas tenían agua tan limpia y cristalina que en verdad se antojaba bañarse en sus aguas, sabiendo esto, Daniela se dispuso a darse un chapuzón, sin embargo, no se dio cuenta que a lo lejos un par de ojos de color rojo la miraban entre la hierba.

Daniela se subió a los peñascos que rodeaban a una de las pozas se preparó y dio un salto hacia el agua, Daniela podía sentir el agua fría abrazar todo su cuerpo, todo estaba bien hasta que de repente, Daniela sintió que una enorme y fuerte garra la tomaba de las piernas, y la hundía hasta el fondo de la poza, Daniela luchaba por salir a la superficie, sin embargo una sensación fría y de muerte la hacía sentir cada vez más débil y le arrancaba las ganas de vivir y seguir luchando, y cuando parecía que había llegado su fin, pues ya Daniela había dejado de luchar y se hundía, de entre las hierbas salió una persona, y una mano blanca como la nieve atravesó el agua para sujetarla de la mano, Y entonces sacarla a la orilla de la poza.

Daniela no podía ver, quien era su salvador solo vio a un niño blanco como si fuera echo de yeso, que le untaba un aceite en la frente, Daniela entonces perdió el conocimiento y solo alcanzo a percibir un rico olor a flores y hierbas, fue entonces que se quedó dormida sobre el pasto.

El chico era blanco como la leche, traía consigo un arco y unas flechas, se paró sobre un peñasco y se quedó mirando hacia aquel lugar donde se encontraban aquellos ojos rojos, descubrió entre la hierba a un enorme lobo que lo miraba fijamente, aquel lobo era el Nahual, el chico tomo una de sus flechas sin inmutarse apunto cuidadosamente, y la lanzo directamente hacia la bestia, pero aquel lobo lo observaba detenidamente y justo cuando el chico soltó la flecha el Nahual se convertío en un cuervo que salió volando, la flecha paso silbando por uno de los costados del pájaro, que se alejó del

gar rápidamente. El chico se quedó mirando a lo lejos, y con una mueca de
preocupación se dio la media vuelta y se marchó, pero cuando iba caminando volteaba
vez en vez hacia atrás, sabía que el nahual había regresado y esta vez quería llevarse
Daniela.

Cuando Daniela se levantó el sol nublaba su vista, se sentó y se restregó los ojos con
las manos, y busco por todos lados a su salvador, pero este no estaba había
desaparecido, quedo muy extrañada con todo lo sucedido y salió camino a la iglesia,
pues Daniela era una niña inquieta y nunca se quedaba con dudas, así que se fue en
busca de respuestas, inmediatamente fue a buscar al padre Gelasio que la saludo
buenos días Daniela, buenos día padre, le puedo hacer una pregunta, si Daniela dime
¿cómo son los ángeles? Los ángeles son hermosas criaturas que están en la tierra para
hacer el bien, mmm ok entonces quiero que sepa padre que fui salvada por un ángel,
como esta eso de que fuiste salvada por una ángel, si padre fui a las pozas a nadar a
darme un baño y cuando estaba en medio en el agua, sentí que una enorme garra me
tomo de las piernas, y me empezó a hundir hasta el fondo, espera, espera una garra
dijiste, había algo más ahí en la poza contigo, no padre solo tuve esa sensación no me
dejaba respirar y me hundía cada vez más, pero de repente de entre las aguas apareció
una mano blanca como la nieve y me tomo de los dos brazos y me saco hasta la orilla,
después me unto un aceite en la frente y antes de desmayarme lo vi de forma borrosa
pero era blanco como como la espuma del mar, tenía el cabello plateado, un arco y unas
flechas, era un ángel verdad padre, el padre le abrazo y le dijo no lo sé hija, por aquí en
el pueblo hay leyendas que hablan de un Nahual que ya se ha llevado a dos niños en
las pozas, y el ángel que, tú dices que te salvo por aquí en el pueblo, a ese tu ángel se
le conoce como Conek-metztli (el hijo de la luna) como el hijo de la luna pregunto
Daniela y donde esta donde lo puedo encontrar, no lo sé dijo el padre Gelasio, aquí en
el pueblo también es una leyenda, una leyenda muy viva dijo Daniela yo lo vi padre, no
Daniela a lo mejor como estabas a punto de desmayarte no supiste realmente lo que
viste, yo estoy segura que se lo que vi voy averiguar más sobre ese hijo de la luna.

Kikiriki cantaba un gallo cerca de la ventana del padre Gelasio, eran las 5 de la mañana
el padre se levantó a regañadientes en seguida empezó a gritar Daniela, Daniela
hazme un té de manzanilla por favor, Daniela vivía en la iglesia, con el padre Gelasio,
realmente nadie sabía de dónde había venido, un día tocaron muy fuerte a las puertas de
la iglesia y cuando el padre salió encontró en una canasta a una niña envuelta entre
cobijas, con una nota que decía, su nombre es Daniela cuídela mucho padre, dios se lo
compensara.

Daniela se acercó al padre Gelasio y le dijo que le platicara más del hijo de la lun pero el padre sacudió la cabeza y le dijo realmente no conozco la historia pero créer Daniela un padre no debería hablar de leyendas y nahuales, pero si quieres saber historia completa, acércate por la tarde a los sembradíos, se van a quemar los sobrant de la cosecha pasada, y es ahí cuando los trabajadores terminan de trajinar, se acer Xóchitl una mujer que es conocida aquí en el pueblo por que les cuenta historias leyendas a todos los trabajadores y de esa manera logran olvidar un poco el cansanc provocado por el trajín del día a día , Xóchitl les enseña parte del folklore y l creencias de este lugar. Por eso es que, si quieres saber más, ve a los campos hoy por tarde y encontraras las respuestas que andas buscando.

Daniela salió corriendo y el padre Gelasio le dijo a dónde vas niña, voy a buscar Joaquín, iremos a terminar de juntar los sobrantes de la cosecha para que terminem temprano, y me cuenten más sobre Conek-metztli

Daniela y Joaquín llegaron a los pastizales, inmediatamente se unieron a l trabajadores y tomaron una escoba echa con ramas de árbol, y empezaron a juntar l hojas y tallos de la antigua cosecha, en menos de lo que canta un gallo dejaron campo limpio, cada 20 pasos hacían montoncitos de hojas y los iban colocando a largo de los campos, después de un rato de trabajar arduamente casi ya habí terminado de limpiar los campos, cuando cansados buscaron una sombra y se sentar a descansar en unas bancas echas con troncos, después de un rato paso una señora, y l ofreció un vaso de agua de limón con chía, ellos la tomaron y la empezaron a beber c desenfreno.

Daniela y Joaquín se encontraban sentados en unas bancas echas de tronco y talladas mano que tenían figuras aztecas, a lo lejos veían salir las fumarolas de humo de l montañas de pastizal quemado, mientas bebían su agua como si fuera una aurora que vida les regalaba, a lo lejos y a través del humo se podía ver la silueta de una hermo mujer de cabello negro y largo hasta la cintura, que venía caminando en una especie contoneo, que parecía que bailaba con el viento, su ropa típica de la región, hací resaltar más su belleza, pronto llego al lugar donde se encontraban los dos chiquillos, los saludo con una sonrisa, buenas tardes niños como están, bien contestaron en cor pero en ese instante Daniela que era muy impaciente se abalanzo hacia Xóchitl y pregunto acercándose lo más que pudo, casi le susurró al oído, si conocía la leyenda Conek-metztli porque mi niña contesto Xóchitl, es que me paso algo extraordinari respondió Daniela, resulta ser y entonces Daniela le empezó a contar con lujo detalle aquel suceso en las pozas cuando se estaba bañando, como habían tratado de ahogarla y como fue salvada por Conek-metztli fue entonces que Xóchitl tomo a Daniela de la mano y le dijo no cabe duda mi niña que tuviste un encuentro con Conek-metztli, pero no te preocupes, te contare la leyenda del hijo de la luna, para que tu sepas quien fue tu salvador y quien es capaz de retar al mismísimo Nahual e incluso podría vencerlo si se lo propone.

Hace mucho tiempo en estas mismas tierras, los aztecas eran la raza más fuerte de México, se dedicaban a conquistar a los pequeños pueblos y a otras tribus como los totonacas o los tlaxcaltecas, los aztecas conformaron la triple alianza y constituyeron un ejército guerrero que se dedicaba a conquistar en nombre del emperador Moctezuma II, en esa época dentro de ese temible ejército se encontraba un feroz guerrero que era reconocido por su fuerza y su crueldad, cuando peleaba en una batalla, la victoria estaba asegurada, él era la inspiración de aquel basto y fuerte ejercito azteca, su nombre era Chimalcoatl (escudo de serpiente) este guerrero vencía sin problemas a todos los poblados y tribus con las que se enfrentaba, cuando un poblado yacía en llamas y deshabitado entonces y solo entonces dejaba de atacarlo.

En una ocasión al llegar a un pequeño pueblo, devastado aparentemente por la pobreza y con muy pocos pobladores, en dicho pueblo a la entrada se encontraba una casa extraña cubierta con piel de animal y con algunos dibujos extraños, los pobladores decían que ahí vivía la hechicera del lugar, todos la conocían como Tlecuauhtli (águila de fuego) cuando llego Chimalcoatl a la entrada del pueblo, Tlecuauhtli se le apareció en forma de una anciana, y le dijo que le perdonara la vida y que dejara en paz a ese pequeño pueblo, que no tenían riqueza y además no representaba ningún peligro para el imperio Azteca.

Deja a mi pueblo y sigue de largo noble guerrero solo queremos la paz, vivimos apenas con lo mínimo, completamente ajenos a lo que pasa a nuestro alrededor en verdad te digo por segunda vez. No representamos ningún peligro para nadie por favor perdónanos o noble guerrero.

Chimalcoatl hablo como si de su boca hubiera salido un trueno y le dijo, a la anciana es muy noble tu petición sin embargo sirvo al gran emperador Moctezuma, y todo mi ejército no puede ver o sentir alguna clase de debilidad, así que quítate anciana, y diciendo esto la arrojó al suelo dándole un empujón, inmediatamente dio la orden de atacar a la aldea e incendiarla, lo que Chimalcoatl no sabía es que aquella anciana era Tlecuauhtli, y antes de que rodara por el piso, se convirtió en un pájaro de fuego, que poco a poco fue creciendo más y más y al estirar sus alas, ya era más grande que su propia choza, Tlecuauhtli voló en lo alto por encima de la cabeza de Chimalcoatl y su ejército, y fue entonces que los vertió de cenizas, al mismo tiempo lanzaba un encantamiento pronunciado en náhuatl, dicho encantamiento iba dirigido a aquel desconsiderado guerrero, y el encantamiento decía así "Desde el día de hoy y para siempre quedaras maldito, mas no podrás tener descendencia y ninguna mujer de ti podrá enamorarse, y si acaso lo hiciera, al besar tus labios caerá muerta seca del corazón sin oportunidad de salvarle" diciendo esto salió volando, Chimalcoatl le tiro su lanza, pero dicha lanza traspaso justo por el centro de aquel gran pájaro de fuego y cayó en la tierra, el pájaro se fue con rumbo desconocido solo atrás dejo su vieja aldea ahora diluida en cenizas por el fuego.

El tiempo paso y Chimalcoatl ya no se acordaba de aquel encuentro con Tlecuauhtli sin embargo cuando, se enamoró de una mujer hermosa de su tribu la cual era digna de ser su esposa, apenas le dio el primer beso y la mujer cayó muerta a sus pies, entonces recordó lo que le dijo aquella anciana, volvió a intentarlo después con otra mujer y otra pero todas tenían el mismo fin, ninguna mujer se quería acercar aquel guerrero que llevaba la muerte en sus labios, el tiempo pasaba y el feroz guerrero se desesperaba pues no podía hacer nada para tener hijos así que llamo a los mejores chamanes y brujos del lugar para que le ayudaran a librarse de aquel encantamiento.

Sin embargo todo fue inútil, fue entonces que el feroz guerrero una noche, lleno de frustración después de haber celebrado una victoria más, lleno de tristeza se hincó, y empezó a pedirle a los dioses que lo ayudaran, rezo por largo rato, pero al ser un guerrero tan sanguinario y soberbio, ninguno de los dioses quiso ayudarle nadie se apiado de él, nadie le escucho, sin embargo la luna al verlo tan vulnerable y derrotado, sintió un poco de lastima por aquel hombre, y se acercó a Chimalcoatl, diciéndole yo puedo ayudarte, puedo romper el encantamiento, pero tienes que prometerme, que el primer hijo que tengas será mío, me lo darás como pago por ayudarte, sin cuestionarme y sin preguntar nada tendrás que ofrecérmelo. El hombre asintió con la cabeza, la luna empezó a cantar una canción de paz y después le lanzo una leve brisa, sobre aquel noble guerrero, entonces cayo un pequeño roció lleno de luz y de paz, que hicieron que Chimalcoatl cayera, desvaneciéndose y rodando en el suelo, el hombre quedo desmayado por un largo tiempo, y cuando se despertó, solo un leve olor a Hierbas y flores quedaba en el lugar, recordando lo que la luna le dijo Chimalcoatl se fue a su casa y se acercó a la hija de una mujer que siempre había estado a su servicio, la mujer se llamaba Quetzalli (preciosa) ella siempre había estado enamorada de su patrón

Chimalcoatl la tomo de la mano y le dijo que se acercara y le dio un beso, al ver que la mujer no cayó muerta Chimalcoalt se disponía a salir a buscar alguna otra mujer, cuando en una especie de viento entre bruma y niebla aprecio la luna y le dijo que recordara que solo podría existir una mujer la cual lo amaría y también aprendería amarla, así que le dijo que no tratara de buscar a alguien más pues desde hacía mucho tiempo Quetzalli había sido bien vista por los dioses,.

Así fue que Chimalcoatl le dijo a Quetzalli que si quería ser su esposa, la chica empezó a llorar lágrimas de alegría, e inmediatamente dijo que si, y antes que pasara otra primavera, Chimalcoatl y Quetzalli ya se habían casado, después de un tiempo de vivir su amor pasaron muchas lunas antes de que Quetzalli estuviera esperando un bebe, después de 9 meses, la mitad del pueblo esperaba la llegada del hijo de Chimalcoatl, pues ya sabían que sería un varón y que heredaría todo el poder que tiene su padre. La partera ayudaba a Quetzalli para que diera a luz, sin embargo el parto se alargó demasiado por que surgieron muchas complicaciones, tanto que tuvieron que operar a Quetzalli abriéndole con un cuchillo de obsidiana, la partera le dijo a Chimalcoatl que alguno de los dos podría perder la vida, Chimalcoatl con un gesto sombrío le dijo salve al niño si es necesario, cuando nació el niño, la partera no daba crédito de lo que miraban sus ojos y dio un grito espeluznante, la partera empezó a gritar como loca diciendo que era un mal augurio, pues el hijo de Chimalcoatl no era un niño moreno, no era un niño de maíz y tierra como se le conocía en la raza azteca, más bien nació un niño albino blanco como la nieve con el cabello blanco y los ojos azules, un niño de luna a todas luces.

La partera casi arroja al niño al suelo, lo tomo y lo dejo en el canasto que habían preparado para él bebe, y le dijo a Chimalcoatl los dos se salvaron pero ella no podrá tener más hijos, y salió corriendo, todo el pueblo se alarmo no sabían si felicitar al guerrero o simplemente callar, por su parte Chimalcoatl entro corriendo a ver a su hijo y de inmediato comprendió que aquel hermoso bebe no era suyo, era de la luna, y así como a su bebe blanco como la leche y lo limpio, después se lo entrego a Quetzalli, ella lo abrazo llorando junto a Chimalcoatl y así se durmieron, esa noche el feroz guerrero soñaba con pesadillas que lo condenaban por tener un hijo albino, al día siguiente Chimalcoatl decidió esconder al niño y no mencionarlo más en el pueblo, así pasaron 6 largos años, con el tiempo Quetzalli y Chimalcoatl se encariñaron con el niño y fue después del sexto año en el mes de octubre, que es cuando la luna se acerca más a la tierra, que la luna se le acerco a Chimalcoatl y le hablo diciendo, es momento que mi hijo se vaya conmigo, recuerda tu promesa, Chimalcoatl que no tenía intención de entregar al niño, le dijo que lo esperara y que dejara que él y su esposa se despidieran del niño, y que ahí en la montaña donde hablo con ella por primera vez, ahí le entregaría al niño, está bien dijo la luna, mañana por la noche vendré por él. Cuando llego a su casa Chimalcoatl le contó a Quetzalli todo lo que había pasado, desde aquel día en que Tlecuauhtli lo maldijo, y que ahora tenía que entregar a su único hijo a la luna, Quetzalli no acepto la promesa que Chimalcoatl había hecho, y le lleno la cabeza con ideas de poder y soberbia, diciéndole que él era guerrero más fuerte del imperio azteca, que como podría la luna llevarse a su único hijo, que eso no lo podían permitir, fue entonces que el feroz guerrero llamo a sus chamanes y les dijo que le ayudaran para burlar a la luna.

Al día siguiente cuando anocheció Chimalcoatl subió a la montaña acompañado de todos sus chamanes y su ejército cuando llegaron arriba, Chimalcoatl le ofreció en ofrenda las mejores joyas que tenía así como su vida, sin embargo la luna le grito, ese no es el trato, dijimos que tu primer hijo sería mío, así que tráelo ya, no viene conmigo, se quedó en mi casa con mi esposa, y tú no podrás venir por él, y diciendo esto lanzo unos recipientes con diferentes pócimas, que los chamanes habían preparado, en ese momento todo el lugar se llenó de un espeso humo realmente no se podía ver la luz, ni los rayos de la luna eran capaces de penetrar en aquel lugar que era invadido por un espeso humo, Chimalcoatl se preparó con su lanza, estaba dispuesto a sacrificar su vida y la de su ejército si era necesario, para enfrentar a la luna, y así poder quedarse con su hijo, de repente todo se quedó en silencio, pareciera que el tiempo se detenía, y en ese momento se empezó a escuchar una canción de guerra y un olor a flores se percibía de pronto, una ligera brisa soplo en aquel lugar y el espeso humo se alejó inmediatamente, en el centro del lugar se podía ver a la luna convertida en una hermosa mujer que bajaba a la tierra para reclamar a su hijo, Chimalcoatl empuño ferozmente su lanza sin embargo cuando estaba dispuesto atacar quedo petrificado no podía mover uno solo de sus músculos, lo mismo le pasaba a su ejército y a todos los chamanes que estaban en ese lugar, la hermosa luna convertida en mujer paso entre sus cuerpos petrificados, anduvo todo el camino hasta la casa de Chimalcoatl y dando ligeros pasos en el aire voló hasta que llego donde se encontraba su hijo, lo tomo de la mano, y le dijo es hora de que te vayas de la tierra de los hombres, tu perteneces al mundo fantástico de los dioses, Conek-metztli tomo su mano y no pudo resistir caer en el encantamiento de tan bella deidad, solo se dejó llevar y de repente como si ambos cuerpos flotaran se empezaron a elevarse cada vez más alto, hasta que solo fueron un punto luego desaparecieron en la inmensa obscuridad de cielo.

lo que respecta a Chimalcoatl y su ejército cuando la luna estuvo fuera de peligro el
su ejército quedaron convertidos en estatuas de piedra, y ahí donde todo ocurrió
lavía se pueden ver las estatuas del guerrero y de su ejército y chamanes que
entaron ayudarle, se dice que sus almas no han podido descansar que se quedaron en
mundo entre el mundo de los vivos y los muertos y que esperan ser liberados para
r fin continuar su viaje hacia el mundo de los muertos.

niela quedo admirada y abría muy grandes los ojos entonces le dijo a Xóchitl quieres
cir que la persona que me salvo es Conek-metztli el hijo de la luna. Sí dijo Xóchitl
y otra parte de la leyenda que cuentan los pueblerinos de antaño dicen que Conek-
tztli por un tiempo se sintió muy a gusto entre los dioses, pero al ver a los hombres,
podía evitar la nostalgia pues, el no olvidaba que sus padres eran del mundo de los
mbres y extrañaba mucho a la tierra, ese lugar mágico donde la vida se llena de retos,
le aventuras, así que cuando creció un par de años más le pidió a su madre que si
día bajar a la tierra con los hombres, la luna le dijo que si pero que solo lo podría
cerlo en los meses en que la luna se encuentra más cerca de la tierra, y ese sería en el
es de Septiembre y regresaría en el mes de Abril, quieres decir que por eso lo vi
rque apenas está empezando octubre.

í es Daniela es en estos días que Conek-metztli anda entre nosotros. ¿Y dónde puedo
contrarlo? Nadie lo sabe mi niña al parecer, él aparece cuando hay problemas y
saparece cuando terminan, todos dicen que es un ángel, para mí lo es, dijo Daniela y
 un sorbo al atole de pinole que les dio doña Rosa, una de las dueñas de los campos
nde habían estado trabajando.

bía pasado el tiempo y atardecía en Teotihuacán, Daniela contaba tapándose los ojos
o, dos, tres, cuatro, cinco, seis, siete, ocho, nueve, diez. Estés o no listo voy por ti
quín dijo Daniela y salió corriendo a buscarle. Las escondidillas es un juego que le
sta mucho jugar a Daniela así que ese día en la tarde Daniela buscaba a Joaquín en
alquier lugar posible donde se podía haber escondido, busco entre los árboles del
que en las puertas de la iglesia incluso se metió a la lonchería de doña Carmen, pero
encontraba a Joaquín, de repente vio que atrás de la iglesia se encontraba el viejo
anero y salió corriendo al lugar para buscarlo cuando llego al granero empujo la
erta y se escuchó un rechinido como de ultratumba la puerta chillo giiiirrahha,
niela dio un paso adelante y dijo con voz entrecortada Joaquín, y camino hacia
entro del granero repitiendo el nombre de su amigo, a cada paso que daba el granero
volvía más obscuro cuando de repente al llegar a una zona del granero donde no se

veía nada, alguien le tomo la mano Daniela, y Daniela grito por la sorpresa y di_
Joaquín, una voz le contesto pero era una voz que no conocía, no te asustes Daniela sc
Conek-metztli y que haces aquí, te he estado siguiendo desde la vez que te conocí e
las pozas, y porque me sigues, perdón que te lo pregunte así pero no encuentro ot
manera de hacerlo, te sigo porque quiero saber por qué le interesa al Nahual tu alm
Mi alma exclamo Daniela, si tu alma si algo conozco del Nahual es que cada uno de s
ataques tienen una razón de ser, primero se llevó al niño pelirrojo el que sabía cóm
abrir el umbral del tiempo, luego se llevó a Regina que tiene la clave de la pirámide s
de donde baja la serpiente emplumada y ahora te quiere a ti y no sé porque razón, a
que mientras no sepamos, no voy a dejar que andes sola siempre te estaré cuidand
pero como voy a saber que estás ahí, recuerdas el aroma que despedía cuando te salv
aquel día en las pozas, si era un delicioso aroma a hierbas y flores, exacto cuanc
percibas ese aroma en ese momento sabrás que estoy cerca de ti cuidándote. Buer
está bien y como hago para llamarte me gustaría poder platicar contigo Conek-metzt
dijo Daniela, pero se quedó esperando una respuesta, lo único que percibía en es
momento era ese delicioso aroma a flores silvestres, pero Conek-metztli se hab
marchado ya.

Daniela salió del granero gritándole a Joaquín, y empezó a buscarlo en el luga
Joaquín salió de atrás de la panadería y le grito a Daniela, que pasa por que gritas
corres, fíjate que ahorita en el granero acabo de encontrarme a Conek-metztli, com
que lo encontraste dime como fue, donde está, no lo sé apareció en la obscuridad, en
granero, solo escuche su voz y como sabes que era él le dijo Joaquín, empecé a percib
ese olor a flores tan característico.

Pues al parecer ya no está, no será que es tu imaginación exclamo Joaquín, no di_
Daniela, estoy segura que era el, y que te dijo, pregunto Joaquín me dijo que me segu
un Nahual que él fue el que trato de hundirme el otro día en las pozas, un Naaahual di_
Joaquín ese que se convierte en animal y esas cosas, siii dijo Daniela y porque te sigu
no lo sé ni él sabe porque me está buscando por eso vino para decirme que me esta
cuidando, pues por el momento vámonos a la iglesia ya se está haciendo de noche y n
está dando miedo, está bien dijo Daniela te juego unas carreras hasta la puerta de
iglesia.

Los chicos llegaron corriendo a las puertas de la iglesia y ya el padre Gelasio buscaba
Daniela, donde estabas muchacha, tienes que ayudarme a preparar todo para mañana,
día de los santos difuntos y tenemos que hacer la ofrenda y preparar todo para la mis

padre y me va a dejar disfrazarme, no ya te dije que eso los hacen los gringos por que celebran el Halloween, y no tiene el mismo significado que nuestras celebraciones del día de muertos, ay padre déjeme, todos los niños del pueblo van a ir disfrazados a pedir calaverita, ande déjeme padre, está bien Daniela pero solo si me ayudas con todos los deberes y demás preparativos para la celebración, si padre lo prometo, está bien Daniela, pero cumples porque si no verdad buena que no te dejó salir a pedir calaverita ni nada, está bien es un trato le dijo Daniela al padre Gelasio.

Daniela se despido de Joaquín y le dijo nos vemos mañana temprano te disfrazas Joaquín para salir a pedir calaverita, está bien paso por ti en la mañana para ir al tianguis a comprar nuestros disfraces vale, ok Joaquín nos vemos mañana, Daniela le dio un apretón de manos a Joaquín y cerró las puertas de la iglesia, en cuanto se escuchó el cerrar de la puerta , el padre Gelasio le grito a Daniela, ayúdame a pintar el aserrín con anilina y ponle azúcar al pan de muerto, ok dijo Daniela y se metió corriendo a la cocina.

Al día siguiente se escuchaba la verbena del tianguis, los canticos y pregones de los vendedores, lleve melón chino, melón dulce dos por diez pesos, lleve cinco piezas de pan de piloncillo por cinco, pruebe su rica barbacoa de hoyo, tres veladoras por seis pesos, parecía una competencia de gritos solo que combinado con información de sus productos y con una singular alegría, cuando Daniela y Joaquín caminaban hacia él, Daniela le dijo a Joaquín si escuchas eso Joaquín, que, eso, cual solo escucho gritos, es que eres muy seco pues dime que oyes tú, dijo Joaquín, pues yo escucho el himno de la mercadería es como si el pueblo le digiera al viento que estamos vivos que hay holgorio y vida mmm no lo había visto así dijo Joaquín, pero ahora que lo dices si es cierto se escuchan los pregones como canciones, la verdad es que da alegría venir al tianguis con un poco de dinero, te puedes llevar lo que quieras ya ves ahorita entraremos siendo nosotros y saldremos siendo otros, otros, dijo Daniela no entiendo, si tú vas a salir siendo una graciosa brujita y yo un espantoso vampiro, jajaja si es acierto tienes razón, Daniela cruzo uno de sus brazos por arriba del hombro de Joaquín y lo abrazo, como se abrazan aquellos chiquillos que son comparsas de fechorías y aventuras y se fueron caminando al tianguis mientras escuchaban el himno de la mercadería.

Daniela se paró en un puesto, ahí vio un sombrero de bruja y una escoba que le gustaron, por otro lado, Joaquín hacia trato en otro puesto por un disfraz de vampiro, siguieron caminando mirando todo tipo de cosas y como les había sobrado cambio compraron un tlacoyo de masa azul con requesón y nopales, lo vamos a repartir en partes iguales decía Daniela a Joaquín, mitad y mitad va, ok dijo Joaquín y se sentaron en un pequeño Kiosco que estaba cerca del lugar a comer. Daniela le decía a Joaquín sabes estoy pensando lo que me dijo Conek-metztli acerca del Nahual, será que si me anda buscando, no lo sé dijo Joaquín yo le pregunte a mi tío si sabía algo del Nahual, y me conto algo que sucedió hace mucho tiempo aquí muy cerca del pueblo dicen que un hombre se convertía en animal y se estaba robando a los niños del pueblo, cuentan que una noche Fermín el padre de uno de los niños lo siguió hasta que llego a su guarida, luego fue por toda la gente del pueblo y les aviso, inmediatamente hicieron sonar la campana de la iglesia, y todo el pueblo se fue juntando con machetes, palos y antorchas encendidas, pero Fermín temía por la vida de su hijo así que se adelantó para enfrentar al nahual, cuando llego al lugar Fermín entro, y de forma decidida empuño su machete para matar aquel desalmado Nahual, grande fue su sorpresa pues la persona que se estaba robando a los niños no era otro que el mismísimo boticario, por ahí en el pueblo era conocido con el nombre de Evaristo, Fermín señalo a Evaristo y entonces lo apunto con su machete y le dijo no se mueva, mientras veía a su alrededor buscando, algún lugar donde se encontraban los niños, de inmediato encontró una celda en el suelo que tenía una reja, y por ahí se podía escuchar a los niños pedir ayuda, Fermín tomo el machete y se acercó sigilosamente al boticario diciéndole no haga ningún movimiento, por que luego se muere, el boticario se dio la vuelta despacio y le dijo, no sabes contra que te estás enfrentando, deja el machete y lárgate, Fermín le dijo de aquí no me voy hasta hallar a mijo y diciendo esto empezó a gritarle a Martin, inmediatamente atreves de la reja se vieron un par de manitas y se oyó la voz de un niño decir aquí estoy papá Fermín volteo a ver a la reja y fue entonces que el nahual aprovecho y se convirtió en un feroz lobo, y se abalanzó sobre Fermín, este tiro un par de machetazos pero no logro detenerlo, sin embargo cuando el nahual llego a la entrada de la cueva,

la mayoría de la gente del pueblo se encontraba ya en el lugar y fue entonces que empezaron atacar al nahual a machetazos y golpes, de repente el nahual lanzo algo de su hocico, que lleno el lugar de humo fue entonces que aprovechando la distracción se convirtió en un cuervo y salió de ahí volando golpeado y malherido. Fermín había sido mordido por el nahual y yacía mal herido en la entrada de la cueva cuando llegaron los del pueblo les señalo en donde se encontraban los niños, inmediatamente abrieron la reja y liberaron a los niños, solo faltaban dos niños Regina y el niño pelirrojo llamado Rodrigo, ambos tenían algo en común Rodrigo era amigo de los chaneques, y vivía en los bosques encantados por eso sabía cómo abrir el umbral del tiempo y Regina era hija de Xóchitl y conocía la clave de para abrir la pirámide del sol.

Pero yo no sé nada de nada no tengo claves ni conozco nada extraordinario dijo Daniela, porque habría de buscarme el nahual a mí, no lo sé dijo Joaquín con eso que te vas a disfrazar de bruja igual y te nacen poderes de adivinación o de hechicería jajaja, me las vas a pagar dijo Daniela y ambos chicos empezaron a correr por el tianguis.

La tarde caía y los chicos se preparaban para salir con su disfraz, pues era tradición que el día de muertos salían a pedir calaverita, el padre Gelasio había hecho una gran ofrenda en el patio de la iglesia la cual estaba adornada con flores de cempasúchil, frutas, pan de muerto, mole, incluso le puso una botella de tequila la dejo completamente adornada con calaveritas de dulce y chocolate y hermosas figuras de aserrín pintado.

Joaquín llego a la ventana de la iglesia donde se encontraba Daniela, y comenzó a gritarle Danielaaa, Danielaaa entonces se abrió la ventana y solo se asomó su mano y le hizo una seña con los dedos espérame un minuto, está bien dijo Joaquín, pero no te tardes, entonces busco un lugar donde sentarse. y ahí en una roca nuestro caracterizado vampiro se sentó a esperar.

Daniela salió de la iglesia convertida en una verdadera bruja, oye realmente me gustaba más tu otro disfraz de bruja, cual dijo Daniela el que traías en la mañana pero si en la mañana no estaba disfrazada loco, por eso, dijo Joaquín y ambos se rieron, la verdad es que Daniela estaba irreconocible se puso una gran nariz que tenía al final una verruga, un sombrero con un sombrero que traía pelo chino color morado y una falda que combinaba con el sombrero, traía una escoba y una calabaza para pedir calaverita.

Vaya que das miedo dijo Joaquín, pero apúrate ya tenemos que irnos al centro del pueblo ahí todos los niños se van a reunir Xóchitl nos va a contar la historia de la Llorona, ok ok dijo Daniela vamos para allá, así los chicos caminaron rumbo al centro del pueblo, de repente veían que de las casas salían niños disfrazados de diferentes, personajes algunos de momias otros de vampiros, brujas y zombis, todo estaba listo para el día de muertos.

Cuando llegaron al centro ya Xóchitl había comenzado el relato, estaban tan entretenidos que no se percataron de que un cuervo los había estado siguiendo desde que salieron de la iglesia, los chicos se sentaron cerca de la ofrenda gigante que había puesto el municipio en el centro del pueblo, mientras que el cuervo volaba cerca de un árbol que estaba justo enfrente de donde se encontraban los chicos, entonces el ave empezó a planear y decidió bajar, fue entonces que cuando iba hacía la tierra, antes de que cayera al piso se convirtió ahora en una rata, Xóchitl que estaba contando la historia dio un sobresalto y se quedó desconcertada, los chicos le dijeron que si estaba bien, Xóchitl dijo que si y asintió con la cabeza pero inmediatamente empezó a buscar con la cabeza hacia todos lados, esperando encontrar algo los chicos le dijeron que estaba buscando y Xóchitl les dijo que no estaba segura que había sentido una presencia que tenía mucho tiempo no sentía, una presencia dijo Daniela, si la presencia del Nahual, fue entonces que rápidamente el nahual convertido en rata se metió a una de las coladeras el Naaahual dijo Joaquín titubeante, Daniela le tomo la mano y le dijo no te espantes Joaquín ambos sabemos que no hay nadie por aquí mira y volteo para todos lados, ya ves nadie dijo, yo no estaría tan segura dijo Xóchitl como saben el Nahual se puede convertir en cualquier animal, podría estar disfrazado incluso de un insecto, vaya dijo Daniela pues no le tengo miedo y si es un insecto ahorita mismo lo mato con mi escoba al decir esto Daniela abanicaba su escoba como si fuera un bate de beisbol.

Dime niña dijo Xóchitl acaso ya has visto al Nahual, tanto como verlo no pero me dijo Conek-metztli que me anda buscando que me quiere llevar a las sombras, como se llevó a los otros chicos, que chicos dijo Xóchitl, pues a los otros a Regina y Rodrigo, mas a mi favor dijo Xóchitl Deberías de tener más cuidado, si sabías que Regina es mi hija y aun no la hemos encontrado desde que desapareció, por eso deberías cuidarte más, porque si ahora te sigue a ti, es seguramente porque tú le sirves para algún maleficio que ha estado tramando. Este Nahual no da paso de en balde desde hace tiempo trae un malicioso plan entre manos, dijo Xóchitl.

Si lo sé pero te digo un secreto acércate, Xóchitl acerco la cabeza y puso su oído en la boca de Daniela que le dijo muy bajito Conek-metztli me está cuidando, de verdad dijo Xóchitl, Cone de pronto se quedó callada pues se acordó que por ahí podría estar el Nahual y podría escuchar, entonces le dijo a Daniela también en secreto y donde está, no lo sé dijo Daniela solo sé que esta por aquí por ese olor a flores que se percibe.

Xóchitl aspiro y entonces percibió ese olor a flores, de todas maneras, cuídate mi niña ese Nahual es un tramposo y no se va a detener hasta que logre llevarte está bien dijo Daniela cuando terminaron de hablar todos los niños estaban rodeándolos ahora les parecía un poco más interesante la situación del Nahual y Daniela que la llorona, óchitl les dijo a todos los chicos que se sentaran y Daniela y Joaquín se sentaron hasta adelante.

Cuando acabo el relato todos los chicos empezaron a pasar casa por casa, diciéndole a cada persona que les abría la puerta la clásica letanía de; no copera para mi calaverita, no copera para mi calaverita, se les escuchaba decir a todos los niños en el pueblo, los más chusco era que a Daniela que le había puesto muchas ganas para que su disfraz quedara de lo mejor, le daban solo guayabas y tejocotes en cambio a Joaquín que era un vampiro muy mal logrado a él le daban buenos dulces y algunos hasta monedas, no es esto decía Daniela eres el peor vampiro de la historia y te dan mejor calaverita que a mí, me voy a adelantar dijo Daniela, y así le voy a ganar a Joaquín y me darán mejores cosas, entonces Daniela se adelantó hacia la demás casas mientras que Joaquín y otros niños se quedaban atrás, Daniela se adelantó tanto que después de un rato ya estaba lejos del grupo, ya no se alcanzaban a mirar niños por ningún lado, fue entonces que debajo de una piedra apareció una rata que la miraba con los mismos ojos rojos que tenía aquel cuervo, Daniela pidió calaverita en la casa de don Gaspar le dieron unos chocolates y una lima, Daniela que era una adicta a los chocolates se sentó en las escaleras para abrir algunos chocolates y comerlos, en esas estaba cuando apareció la rata, Daniela la miro y de inmediato recordó lo que le dijo Xóchitl el Nahual se puede convertir en cualquier animal, entonces Daniela pego un grito y salió corriendo despavorida, la rata salió corriendo tras de ella, Daniela corría todo lo veloz que podía correr con su traje de bruja, de repente, por voltear a ver hacia atrás, tropezó y cayó en tierra la rata se acercó poco a poco y le enseño los dientes y entonces le hablo, vaya vaya ren a quien tenemos aquí, a la bella e indefensa Daniela, pero por que estas tan sola, donde están tus amigos, Daniela le grito no me hagas daño no me mates, matarte, mi vida para nada te necesito para realizar el ritual, que ritual dijo Daniela el ritual para ver al emperador del mal Mictlantecuhtli, el cual solo se puede efectuar cuando ocurra el equinoccio en la pirámide del sol, y dime que has hecho con los otros chicos, lo mismo que hare contigo los mordí y los deje dormidos en mi guarida hasta que llegue el momento de efectuar el ritual y dime estas lista para irte conmigo, Daniela grito no, y el Nahual saco los colmillos dispuesto a morder el cuello de Daniela que yacía en el suelo, pero justo cuando dio el salto para atacar a Daniela, Joaquín le dio tremendo puntapié que la rata cayo descompuesta al lado de un árbol, inmediatamente se convirtió en un animal raro pues tenía cuerpo de lobo pero en vez de cuello tenía el tronco de un hombre era una especie de hombre lobo literal , entonces el Nahual le dijo Joaquín escuincle insensato no sabes con que fuerzas malignas estas lidiando, lárgate de aquí, Joaquín se interpuso entre Daniela y el Nahual tomo la escoba de Daniela dijo con voz entrecortada nooo Daniela es mi mejor amiga y no dejare que nada le pas y dime héroe y cómo vas a impedir que me la lleve con esa escoba, pe pe peleare si necesario, entonces el Nahual saco una botella y le dijo, si ese es tu deseo peleem entonces, lanzo la botella cerca de donde estaba Joaquín al estrellarse contra el piso botella exploto y de ella salió una nube enorme de humo que luego se transformó una serpiente con alas parecida a un dragón, de repente el humo se disipo y la serpier ataco a Joaquín, Joaquín la esquivo y le lanzo un golpe con la escoba, pero la serpier se paró frente a él, mientras le enseñaba los colmillos y se le quedo mirando, Joaqu quedo como hipnotizado fue entonces que sin que Joaquín se diera cuenta, la serpier acerco por atrás su cola y lo enrollo, Joaquín esta vez no pudo hacer nada, entonces serpiente acerco sus fauces a la cara de Joaquín y le dijo hasta aquí llegaste niño hérc y fue entonces que cuando le iba a ensartar sus colmillos, una flecha silbo por el aire le pasó rozando la cabeza. Hayyy eso duele dijo el nahual y de inmediato transformó en un lagarto, con sus garras tomo la flecha y la saco por uno de los lad transformando su cuello en humo tiro la flecha y volteo a ver a hacia el lugar de don había salido la flecha, vaya vaya, llego el hijo de la luna en persona, llegas tarde dijo nahual, Daniela ya es mía, era dijo Joaquín pues cuando el nahual se convirtió lagarto se olvidó que con la cola sostenía a Joaquín este al verse liberado se lanzó sob el cuello de lagarto y con la escoba lo tomo por el cuello mientras le decía a Danie corre, Daniela inmediatamente salió corriendo mientras el nahual loco de furia volteo Joaquín para morderlo pero justo en ese momento una flecha más le atravesó una de s patas y luego otra en el estómago, entonces volteo hacia donde estaba Conek-metztli al momento le propino tremendo colazo a Joaquín que cayo descompuesto entre matorrales en respuesta Cone-meztli lo atravesó con una flecha más, ahora muy cer del corazón, entonces el nahual dio un rugido de frustración y se convirtió en u tarántula y salió corriendo hacia un hoyo en la tierra después desapareció, las flech quedaron tiradas en el suelo. Inmediatamente Conek-metztli bajo del lugar donde encontraba y fue a ver a Joaquín que yacía muy lastimado, Conek-metztli lo tomo sus brazos, y le pregunto cómo te sientes, muy mal dijo Joaquín creo que me fractu las costillas, creo que no paso de este día de muertos, no digas eso Joaquín eres héroe salvaste a Daniela lo vencimos dijo Joaquín, por el momento, contesto Cone metztli pero estoy seguro que después volverá así que por lo mientras resiste te voy curar, entonces lo llevo a donde los rayos de luz de luna eran más intensos, ahí sa uno de sus frascos que tiene con un brebaje extraño y se lo dio de beber, luego lo ung con uno de sus aceites para después envolverlo con unas hojas enormes de plátar uando llego Daniela acompañada de Xóchitl y algunas de las personas del pueblo rmadas con machetes, solo encontraron a Joaquín envuelto como tamal, que se uejaba un poco y a la vez les pedía que lo ayudaran a salir.

Cuando lograron sacar a Joaquín del envoltorio como por arte de magia Joaquín ya no enía nada, solo estaba un poco adolorido, Daniela le agradeció lo que hizo por ella y lo aliente que había sido al enfrentar al nahual, Joaquín le conto como entre él y Conek-netztli habían vencido al nahual y habían podido lograr que se alejara del lugar. Eres nuy valiente dijo Daniela pero dime como es que si te rompieron las costillas ahora stas como si nada, no lo sé, lo único que quiero sepas es que creo que me cure con los oderes de la luna, aja me estas mintiendo verdad, no Conek-metztli me dio de beber lgo luego me puso un aceite que olía a flores fue en ese momento me desmaye, y uego me imagino que me envolvió en las hojas y me puso aquí en donde los rayos de a luna son más intensos. A ok eso explica todo cuando a mí me rescato también me uso un aceite que olía a flores en mi frente. Y si también me desmaye, oye Joaquín reo que fue el día de muertos más tenebroso que hemos tenido, ni lo digas tú no sabes i siquiera en donde está tu escoba y el sombrero, pues a ti de vampiro no te queda nucho jajaja empezaron a reír y se fueron caminando hacia la iglesia.

Al día siguiente Daniela preparo todo para la misa de los santos difuntos, pero no se speró a escucharla pues salió en busca de Xóchitl, le pregunto algunos lugareños si abían en dónde podía encontrar a Xóchitl, los lugareños le respondieron que no ealmente nadie sabía de dónde venía, solo la veían llegar por las tardes al centro del ueblo, pero realmente nadie sabía de dónde vivía, eso le causo a Daniela un poco de ncertidumbre y decidió que investigaría realmente de donde era Xóchitl, Daniela se la aso preguntando a todo el pueblo, pero nadie le daba razón hasta que llego con don Hipólito, un viejo chaman de la antigua escuela, don Hipólito, don Hipólito dijo Daniela de casualidad usted sabe en donde vive Xóchitl, para que quieres saber mi niña ijo con voz pausada el chamán, sabe o no sabe dijo Daniela que ya estaba impaciente ues su búsqueda había sido muy desgastante y no había encontrado ninguna nformación, mi niña esa impaciencia tuya no es normal para alguien de tu edad dijo el hamán, mmm Daniela ya iba interrumpir cuando el chamán continuo diciendo Xóchitl o es lo que tú te imaginas tú la ves como una mujer, pero Xóchitl es una hija de la aturaleza su padre es Ehcatl Señor del viento y proveedor de la lluvia y la vida, a ella n otros lugares la conocen como un hada incluso las sirenas son hijas del mar en este aso Xóchitl es hija de la madre naturaleza por eso su nombre significa reina de las lores, espéreme tantito don Hipólito me está diciendo que Xóchitl es una hada, no te estoy diciendo que es una hija de la naturaleza y por lo tanto si quieres encontrarla la podrás ver fácilmente, allá donde se encuentran los campos floridos, pero donde vive o como la encuentro, ve allá y ella te encontrara a ti, como quieres decir que tiene el poder de aparecer y de desaparecer, si tiene ese y muchos otros poderes, solo te pido que no le digas a las demás personas del pueblo, ellos viven tranquilos y no les interesa saber quién es, para ellos es solo una mujer más, si las demás personas no deben saber nada y sin embargo a mí me lo contaste todo , porque a mí si , por la profecía mi niña, ¿qué profecía pregunto Daniela? La profecía de la quinta luna, la quinta luna y que profecía es esa, se dice que en el quinto año del siglo de la serpiente en el quinto mes, en el quinto día se presentara la quinta luna que se alineara con los planetas y será entonces que se llevara a cabo el más grande eclipse en México, dicen que se obscurecerá como si fuera de noche y será entonces que se abrirán las puertas de otra dimensión, cuáles son esas puertas pregunto Daniela, la entrada será la puerta del umbral del tiempo y la salida será en donde está la pirámide del sol, y eso que, que puede pasar si se abren, pues dice la profecía que será entonces que el emperador maligno vendrá apoderarse de la humanidad, sumiendo a la tierra en una obscuridad eterna. Y yo que tengo que ver con esa profecía, pues la profecía también dice que solo alguien podrá detener todos esos eventos, y será aquel que presente en su cuerpo la marca de la noche y cuál es la marca de la noche, es la imagen de una estrella con una luna en cuarto menguante, yo tengo un lunar parecido dijo Daniela, así es mi niña lo note desde que te abrí la puerta de mi casa, qui quieres decir que yo soy la persona que podrá detenerlo todo, dijo Daniela un poco asustada, mucho me temo que si mi niña dijo don Hipólito, pero como yo no sé nada de lo que está pasando, tú no te preocupes mi niña todo sucederá a su debido tiempo, por ahora ve con Xóchitl que ella es una de nuestras aliadas, nuestra aliada que usted también tiene algo que ver, claro mi niña Xóchitl, Conek-metztli y yo somos tus aliados en esta aventura, así que no lo olvides muy pronto nos encontraremos de nuevo, Daniela volteo a ver el campo florido y luego se dirigió a don Hipólito pero este había desaparecido.

Daniela camino al campo parecía que la primavera se había quedado a vivir por siempre en ese lugar pues el campo era completamente verde y las flores que eran multicolor parecían no marchitarse, Daniela se sentó en el lugar y empezó a llamar a Xóchitl, solo que no aparecía por ningún lado, Daniela se desesperó y se dispuso a marcharse, pero cuando ya se iba recordó lo que le dijo el chamán ella tiene diferentes poderes seguro ella te encontrara, mmm ok dijo Daniela y entonces tomo un callado y empezó a romper todas las flores, grande fue su asombro al darse cuenta que las flores no se dañaban pero más se sorprendió al darse cuenta que el callado se volvió tierra y se desvaneció, también fue en ese momento que de en medio del campo se levantó una imagen de una mujer vestida con flores y hojas, y saludo a Daniela , hola Daniela que haces por aquí vine a buscarte, acabo de encontrarme a don Hipólito y me contó la historia de una profecía, dime es verdad lo que me platico, me temo que si es verdad mi niña tu eres la persona elegida para detener esa maldición que llegara cuando se alineen los planetas y que amenaza con cubrir la tierra en sombras, pero como lo voy hacer si ni siquiera sé porque me busca el nahual, pues ahora ya lo sabes, el nahual es solo un mensajero del emperador del mal y del inframundo Mictlantecuhtli, y lo que más quiere este emperador es regresar a la tierra para poder gobernar por siempre un mundo de sombras, y lo único que se interpone para realizar sus planes eres tú, así que lo mejor será que nunca andes sola y cuando salgas a un lado procura estar siempre en lugares donde haya gente y utiliza los caminos que todos usan no busques atajos que te lleven a lugares solitarios.

Está bien te agradezco mucho tu consejo Xóchitl, lo tomare en cuenta, pero yo vine por otra razón a buscarte, dime quien eres y por qué dice don Hipólito que serás nuestra aliada cuando el momento de enfrentar al emperador llegue. Quiero que sepas que yo soy una hija de la naturaleza y tengo el poder de controlar la lluvia el viento incluso puedo hacer florecer cualquier campo por muy seco que este, pero en este momento mi poder se debilita por que el nahual se llevó a Regina mi hija y ella es la otra parte de mi corazón y será ella quien herede mi lugar cuando yo ya no esté, por lo tanto le regale lo mejor de mí y solo cuando ella está bien y conmigo es cuando me vuelvo más fuerte, y dime si serás mi aliada dijo Daniela, claro que si mi niña en este momento el mal es cada vez más fuerte y se concentra muy cerca de la puerta donde se encuentra el umbral del tiempo, y donde esta ese umbral dijo Daniela, cuentan que desde hace mucho tiempo en el zócalo de la ciudad de México existe una puerta que con el conjuro necesario en el momento necesario puede abrir un umbral por el cual pueden pasar personas vivas o muertas de otras épocas y no solo eso también puede pasar cualquier objeto o cualquier animal.

Es por eso que debemos evitar que ese umbral se abra dijo Daniela, pero no me contestaste dime eres mi aliada, si claro que sí, así como en el lado obscuro hay fuerzas malignas que se unen para que el emperador maligno regrese, también hay fuerzas que se unen para evitar que eso suceda y esas fuerzas son emanadas de los seres de luz como yo o Don Hipólito, quien más está involucrado en esta especie de guerra entre el bien y el mal pues hasta ahorita solo conocemos a dos más a Conek-metztli el hijo de la luna y a Pitsin el jefe chaneque, ok ya no me siento tan sola o desprotegida dijo Daniela, nunca lo has estado se oyó una voz que venía de un árbol que estaba muy cerca del lugar, Daniela volteo inmediatamente creyó reconocer esa voz en efecto antes de girar la cabeza percibió el olor a flores, Conek-metztli dijo Daniela y corrió a abrazarlo este se dejó abrazar y le dijo a Xóchitl en voz baja es el efecto que causo en todas las chicas últimamente, Xóchitl lo miro con el rabillo del ojo e hizo una mueca de burla.

Hola Daniela dijo Conek-metztli, sabía que andabas por algún lugar, desde cuando me estas siguiendo, todo el tiempo Daniela, nunca te dejo sola, te quedas en buenas manos yo me tengo que retirar dijo Xóchitl y diciendo esto se volvió un remolino de flores y hojas después nada el campo quedo tal y como estaba, yo voy a la iglesia dijo Daniela me acompañas, sirve que te platico porque razón me persigue el nahual, está bien dijo Conek-metztli iremos caminando solo deja preparo mi arco, ok dijo Daniela y los dos chicos regresaron caminando a la iglesia, en el camino Daniela le conto todo lo que le habían dicho Xóchitl y Don Hipólito si de algo sirve mi humilde ayuda tienes mi arco y mi flechas a tu servicio Daniela , diciendo esto se hinco agachando la cabeza que haces dijo Daniela me apenas, es una forma caballerosa de reconocer a alguien que tiene la gran responsabilidad de luchar por toda la humanidad, pero yo no tengo nada dijo Daniela ni tesoros ni palacios nada, te equivocas dijo Conek-metztli tienes el mejor de los tesoros, encierras en ti la oportunidad de vida para toda la humanidad, así que deja de menospreciarte de ahora en adelante la humanidad y cada uno de nosotros debemos de estar agradecidos y rogar a los dioses para que llegado el momento sepas que debes hacer y mejor aún que lo hagas, imagínate si en ese momento decidieras no hacerlo toda la humanidad se hundiría en tinieblas. No como crees dijo Daniela tenemos que detener esto, es un pacto le dijo a Conek-metztli, este asintió con la cabeza entonces Daniela se escupió la mano se la extendió a Conek-metztli para cerrar el trato pero Cone-metztli en vez de estrecharla dejo escapar un sonido extraño hay hiuuu que asco le dijo a Daniela, porque nunca haz sellado un pacto con saliva, nooo dijo Conek-metztli, pues aprende dijo Daniela así se hacen las cosas en la Tierra así que órale escupe en tu mano, Cone-metztli apenas y escupió una gota, y eso que, dijo Daniela escupe bien, Cone-metztli entonces escupió un poco más, Daniela tomo su mano y la estrecho fuertemente, nadie sabe que paso pero en ese instante una luz multicolor broto de sus manos y Daniela sintió como si una parte de Conek-metztli se quedara dentro de su ser algo muy raro le paso, Conek-metztli cayó al piso como si estuviera desmayado se sentía muy débil y algo pálido, en cambio Daniela ahora podía oler y ver las cosas a s larga distancia su andar era más ligero y todos sus sentidos aumentaron de tal ma que podía percibir a un insecto caminando sobre una hoja a más de 2 kilómetros nde se encontraba, de alguna manera había logrado absorber algunos extraños deres que hasta ahora no sabía que tenía, que paso dijo Daniela no se dijo Conek-:tztli pero me siento muy cansado espera te daré un poco de agua tomo su botella de ua pero Conek-metztli le dijo espera tomo uno de sus frascos y saco una extraña agua iteada y vertió un poco en la botella luego le dio un pequeño sorbo y luego otro pero is prolongado, después de un rato logro recobrar un poco el color suspiro muy)fundo y dijo que diantres paso Daniela, no lo sé contesto pero me siento muy traña Conek-metztli la miro y le dijo tu sabias que esto pasaría, Daniela tenía un ojo Il y mira le dijo dentro de mi cabello creció este mechón plateado del color de tu bello carambolas es cierto dijo Conek-metztli, dime una cosa Daniela que es lo que ntes me siento más fuerte mira ves aquella botella que esta por allá en la roca si la o dijo Conek-metztli tengo la sensación de que podría atinarle, esta lejísimos dijo nek-metztli haber toma mi arco, Daniela tomo el arco y tomo la flecha con una gran iestría, apunto jalando la cuerda del arco con la flecha, Conek-metztli se quedó)mbrado pues Daniela nunca había lanzado una flecha y menos con el arco de nek-metztli que era sumamente duro pues él había tensado la cuerda de su arco con ayuda del dios Tezcatlipoca señor del cielo y de la tierra dueño de las batallas y :nte de vida. Por esa razón nadie podía lanzar flechas con su arco sin embargo iniela lanzo la flecha y sin ningún miramiento hizo volar la botella por los aires, nek-metztli no lo podía creer, caramba Daniela ayer estabas disfrazada de bruja liendo calaverita y ahora resulta que ya eres una arquera profesional y eso no es todo o además sé que sustancias curativas tienen las plantas y las flores incluso siento que edo correr súper rápido de verdad entonces hagamos una carrera desde aquí a la esia, que te parece me parece bien, dijo Daniela pues entonces se puso en posición de anque en el piso, Conek-metztli se acomodó y Daniela dijo en sus marcas listos fuera imbos chicos salieron corriendo a toda velocidad al principio Conek-metztli llevaba delantera, pero después fue alcanzado por Daniela y luego lo empezó a rebasar nek-metztli no quería perder y acelero, Daniela lo vio y acelero y así cada uno de los icos aceleraba más y más hasta que de repente Conek-metztli se detuvo y dijo que iblos se restregó los ojos pues Daniela prácticamente ya no pisaba el suelo eralmente iba volando entonces Daniela volteo a ver hacía atrás para ver a donde bía quedado Conek-metztli y sin darse cuenta se metió al lago, Conek-metztli la vio rrer sobre el agua y entonces le grito Daniela mira por donde corres, Daniela volteo y

miro hacia abajo y se asustó tanto que en ese momento se detuvo y se empezó a hun
en el lago.

Conek-metztli llego a la orilla del lago y espero a Daniela que llego nadando, car
Daniela no sé qué te paso pero juraría que tienes los poderes de los dioses, ni lo dig
todavía estoy asustada y ahora como te vas a secar dijo Conek-metztli tengo una id
dijo Daniela y arranco a correr a toda velocidad mientras corría el viento iba secando
ropa y su cabello Daniela se reía a carcajadas jajajaja llego sonriendo a la iglesia y
quedó esperando a Conek-metztli, cuando este llego Daniela le dijo ahora sí que se n
acerque ese nahual ya verá cómo le va, oye y espera a que se entere Joaquín se mori
de envidia cuando sepa que soy una súper heroína, no Daniela espera yo creo que no
conveniente que alguien sepa de lo que paso, creo que debemos guardarlo en secret
no sabemos si van a desaparecer o si por mala suerte alguno de nuestros enemigos
entera, podría estar elaborando algún hechizo para neutralizar tus nuevas habilidades
crees.

Tienes razón dijo Daniela, me dio tanta emoción de tener estos poderes que no
detuve a pensar en las consecuencias que tendría el mencionarlo, está bien quedara
secreto dijo Daniela es un pacto se escupió la mano nuevamente y le dijo a Cone
metztli sellemos el pacto solo que esta vez Conek-metztli le dijo que te parece si con
palabra basta, la última vez que sellamos un pacto así casi me arrancas el alma mej
así de pura palabra va, ok dijo Daniela y entre dientes dijo collón y ambos se rieron.

Atardecia y Joaquin fue a buscar a Daniela, Daniela apúrate quiero estar hasta dela
del desfile de día muertos me gusta ver de cerca a los danzantes a los Nahui Ollin,
Nahui Ollin son danzantes aztecas con pintura de esqueletos en sus cuerpos, su nomb
significa los danzantes del quinto sol.

Entonces Daniela salió y le dijo a Joaquín deja de gritar y vámonos ya al desfile, súp
dijo Joaquín y así los dos chicos caminaron rumbo a las pirámides pues ahí en donde
encuentra la calzada de los muertos ahí es donde se lleva a cabo un desfile
conmemoración de los santos difuntos. Los tambores sonaron y los sonidos emitid
con caracoles prehispánicos hacían una delicia de sonido que acompañaban a
primeros participantes del desfile, estos eran niños con máscara de calavera y vestid
con trajes regionales de diferentes partes de la república mexicana.

Luego siguieron las catrinas que son mujeres vestidas elegantemente con sus car
pintadas de calaveras, pero adornadas con flores y plumas simulando ser una calave

del alta sociedad, así continuaron saliendo diferentes personajes, pero uno de los que más impresiono a Daniela fue el que iba disfrazado del charro negro era un hombre vestido de charro y literalmente no traía cabeza, estaba tan bien confeccionado el traje que no se veía como escondía su cabeza en el disfraz.

Casi llegando al final aparecieron los danzantes los Nahui Ollin venían danzando con su traje típico de danzantes, con sus pies cubiertos por huaraches y en sus pantorrillas llevaban unas polainas cubiertas de cascabeles llamadas ayoyotls o coyollis que significa cascabeles de fraile, después estaban cubiertos con calzón de manta, brazaletes en muñecas y brazos su rostro y cuerpo pintado como un esqueleto y por ultimo una penacho hecho con las plumas de las más hermosas aves mexicanas, semejando al penacho de Moctezuma el cual dicen que estaba hecho con plumas de Quetzal, por eso era tan hermoso.

Los danzantes pasaron danzando, simulando un sacrificio donde le sacaban el corazón a una doncella, cuando uno de los danzantes paso cerca de los dos chicos, le dijo a Daniela en voz muy baja casi susurrando que se alejara del pueblo o que ese sería su destino y le señalo el sacrificio, Daniela se asustó y volteo a ver al danzante solo que cuando miro sus ojos estos no estaban realmente era un esqueleto el que danzaba, Daniela no pudo contenerse y llamo a Joaquín que se encontraba embelesado con el desfile, este dio un sobresalto y dijo que pasa Daniela ese danzante es un esqueleto de verdad le dijo, cual pregunto Joaquín y Daniela le señalo al danzante cuando Joaquín vio al danzante este chispeo de sus ojos un par de flamas Joaquín se asustó y empezó a buscar una arma para lanzársela a aquel danzante sin embargo en ese momento apareció Conek-metztli, Daniela le tomo la mano y le dijo ese danzante, es un esqueleto de verdad Conek_meztli tomo su arco y una flecha, pero precisamente cuando se disponía a lanzarla el esqueleto se esfumo y los tres chicos se quedaron estupefactos.

El primero en reaccionar fue Joaquín, porque se quedan como tontos vámonos, me queda claro que nos está persiguiendo la maldad, todo por culpa de Daniela, pues si quieres vete y déjame aquí, ya dejen de pelear dijo Conek-metztli yo creo que Joaquín tiene razón, es hora de irnos pues ese esqueleto que vimos es uno de los durmientes el cual pertenece al ejercito del emperador maligno y seguramente regresara con ayuda, me queda claro que solo cuando llegan en grupo es cuando tienen el valor de pelear conmigo, quieres decir que ya los habías visto, si ya los conocía pues tuve un enfrentamiento con ellos cuando se abrió por primera vez el umbral del tiempo.

Quieres decir que ya se había abierto ese umbral, si ya una vez y gracias a la ayuda de los dioses se pudo volver a cerrar el jefe chaneque fue elegido para que fuera el encargado del umbral y de esa manera evitar que alguien más lo vuelva abrir, pero ahora que el nahual tiene a Rodrigo lo más seguro es que quiera abrirlo nuevamente y quieran pasar por ahí al Mictlantecuhtli y su ejército de durmientes comandados por un Tlatoani convertido en momia.

No manches, dijo Joaquín, que te asustaste dijo Conek-metztli no es que no sé que significa Tlatoani, ahí si serás burro Joaquín, dijo Daniela y todos empezaron a reír ya vez no fue tan difícil, que escapar dijo Daniela, no hacer que sonrieras dijo Joaquín.

Aquí ya podemos detenernos estamos en territorio de don Hipólito aquí no podrá tocarnos, en territorio de don Hipólito no me digas que todo este terreno es de ese viejo barbón, no Joaquín dijo Conek-metztli su magia llega hasta acá cubre casi todo el valle desde donde está el lago hasta la montaña aquella donde me gusta habitar, cuando bajo a la tierra, todo esto es lo que cubre dijo Daniela vaya que tiene poder, así es dijo Conek-metztli no subestimen a ese viejo chaman es un chamán muy antiguo, tiene grandes poderes que nos ayudaran cuando llegue el momento el pertenece a la vieja escuela y llegara un día que se cumplan las 7 profecías , entonces verán de que es capaz don Hipólito. Y a todo esto que te dijo el danzante dijo Conek-metztli me dijo que si no me alejaba del pueblo me sacrificaría como en el ritual que practicaron en la exhibición que dieron en el desfile.

La situación se está poniendo cada vez más difícil, comento Joaquín creo que deberíamos hacer caso e irnos del pueblo, irnos dijo Daniela a donde Joaquín s dejamos esto a un lado en donde quiera que estemos nos va alcanzar porque según entendí Mictlantecuhtli el emperador maligno va a cubrir de obscuridad a toda la tierra.

Tranquilos dijo Conek-metztli por el momento vayamos con el padre Gelasio allí no podrán hacerte nada ni los durmientes, ni el Nahual, ok dijo Daniela vayamos a la iglesia.

Cuando llegaron al lugar, el padre Gelasio no se encontraba y Daniela se quedó a regañadientes, estas tranquila dijo Joaquín, claro que no contesto Daniela, que no ves que no hay nadie en casa y quién sabe dónde anda el padre Gelasio, no tengas miedo como dijo Conek-metztli aquí no podrán hacerte nada, además afuera está Conek-metztli, está bien dijo Daniela esperare que llegue el padre Gelasio para que cenemos, ok dijo Joaquín y cerró la puerta.

De repente Daniela se encontraba corriendo sola sobre el campo y atrás de ella iba el Nahual convertido en un enorme lobo negro con ojos rojos.

Daniela corría con todas sus fuerzas pero, el Nahual cada vez se acercaba más a ella, cuando más cerca estaba de ella le tiraba mordidas en los pies y en los brazos para derribarla, pero Daniela lo esquivaba y mientras corría, Daniela se preguntaba donde esta Conek-metztli me dijo que me iba a estar cuidando, Daniela seguía corriendo de repente encima de ella paso un pájaro de fuego era Tlecuauhtli la hechicera en ese momento se adelantó a Daniela y lanzo un Encantamiento y todas las ramas de los arboles cobraban vida y trataban de alcanzar a Daniela de repente unas enredaderas tomaron sus pies y la tiraron al suelo en ese momento llego el Nahual y le dijo Daniela no hay lugar en el mundo a donde puedas huir de mí, donde quieras que estés te voy a encontrar y acabare contigo, Daniela que no se asustaba con facilidad le dijo, cerca de aquí esta Conek-metztli y vendrá a rescatarme ya lo veras los hará polvo.

Jajaja se rio el Nahual, quien dices que te va a rescatar el niño albino, llama a los durmientes le dijo a Tlecuauhtli, esta hizo un ademan e inmediatamente aprecio un ejército de esqueletos vestidos como guerreros aztecas y llevaban arrastrando a alguien, grande fue su sorpresa de Daniela cuando se dio cuenta de quién era al que llevaban arrastrando era Conek-metztli, que arrastraba los pies y se desvanecía por completo, entonces llegaron los durmientes y lo arrojaron a los pies de Daniela, Daniela inmediatamente lo abrazo y le decía Conek-metztli que le han hecho exclamo, Conek-metztli sangraba profusamente y había perdido el conocimiento, allí tienes a tu héroe le dijo el Nahual lo traje para que lo vieras morir, Daniela le dijo mátame a mí pero deja a Conek-metztli en paz el solo quiere el bien para la tierra, claro que te matare dijo el Nahual igual que mate a Xóchitl, a Hipólito y al jefe Chaneque, entonces tomo a Conek-metztli con una de sus garras y lo acerco a su hocico Daniela trato de impedírselo, pero el Nahual mando a que la detuvieran, los durmientes la tomaron y le alzaron la cara para que viera, el Nahual acerco su fauces a su cuello de Conek-metztli y asestó una terrible mordida Conek-metztli cayó al suelo inerte miro de reojo por última vez a Daniela y murió, Daniela gritaba y lloraba no podía creer lo que estaba viendo, ya ves mi niña no hay quien te salve, estas sola, ahora te toca a ti entonces el

Nahual les dijo a los durmientes que la acercaran, los durmientes la tomaron de los brazos y jalándole el cabello le ofrecieron su cuello al Nahual, Daniela le dijo sollozando, ya mátame qué esperas, así es como quería verte implorándome para que te mate, entonces abrió su hocico y al momento en que mordía su cuello Daniela se despertó.

Su corazón latía muy fuerte, el padre Gelasio se acercó a Daniela y le dijo te encuentras bien, Daniela se restregó los ojos y dijo fue un sueño, solo fue un sueño pero tal había sido el impacto de la pesadilla que Daniela se encontraba llorando, si fue un sueño Daniela un mal sueño diría yo, ahora vamos a cenar y luego te duermes pero en la cama y no en el sillón ya viste que hasta pesadillas tuviste, Daniela se limpió las lágrimas y acompaño al padre Gelasio al comedor.

Al día siguiente Daniela fue en busca de Joaquín no sin antes cerciorarse de que no la persiguiera nadie, cuando llego a su casa Daniela empezó a gritarle, Joaquín, Joaquín entonces Joaquín se asomó por la ventana que paso Daniela, baja por favor te quiero contar algo, espérame tantito ahorita estoy contigo. Cuando Joaquín bajo, Daniela empezó a contarle todo, mientras Joaquín escuchaba el relato trepado en una rama de un árbol estaba Conek-metztli escuchando toda la historia, cuando Daniela le decía a Joaquín como habían matado a Conek-metztli, este replico desde las alturas en serio Daniela, viste como me mataron, los dos chicos voltearon hacía arriba, allí estas dijo Daniela, si desde hace rato que te estoy cuidando, pero me llama la atención tu historia Daniela, porque pues, porque hay cosas que no se explican tan fácil, como por ejemplo a poco tú conoces a Tlecuauhtli, no contesto Daniela a mí me parece que más bien fue una revelación, es algo que puede pasar dijo Conek-metztli, no lo creo dijo Joaquín solo fue una pesadilla y ya, yo no lo creo dijo Conek-metztli por que no vamos a preguntarle a don Hipólito seguro que él sabrá decirnos si solo fue un mal sueño.

Los chicos se fueron caminando a casa de don Hipólito, cuando llegaron con el viejo chaman tocaron la puerta toc,toc,toc quien es, dijo don Hipólito, soy Yo Daniela y Joaquín, entonces don Hipólito asomo la cabeza de su puerta y volteo para un lado y luego para el otro pásenle rápido dijo, y ahora que se trae este dijo Joaquín, no no pasa nada, solo que con lo que sucedió el otro día el Nahual puede estar en cualquier lado, pero no que esta era tierra santa intocable para el Nahual dijo Daniela, si así es dijo el don Hipólito lo que pasa es que me acabo de enterar que el Nahual anda con esa hechicera llamada Tlecuauhtli y ella si conoce bien mis protecciones es la única que ede romper el círculo de protección que puse en estas tierras pues como que romper, que usted es un mago muy poderoso, tal vez lo sea o tal vez no lo que sí es cierto es, e si alguien puede Romper el encantamiento es Tlecuauhtli, pero como si Xóchitl nos o que usted era el mejor, si soy el mejor solo que hace muchos años Tlecuauhtli fue aprendiz le enseñe todo lo que sabe solo que cometí un error me enamore de ella, y me di cuenta que entre más aprendía más se iba obscureciendo su corazón, algunas rsonas como Xóchitl me lo advirtieron pero era tal el amor que sentía por ella que yo aba ciego y el día menos pensado sucedió algo de lo que no me quiero acordar, el so es que me hechizo tomo todos los libros de hechicería y pócimas que pudo y se ·, si no es porque llega Xóchitl a mi casa, me muero de hambre y de sed pues me o completamente amordazado y amarrado a un tronco.

dele don Hipólito que guardadito se lo tenía le dijo Daniela, y una pregunta cómo se maba su novia antes de volverse mala, su nombre era Sofía, después de los que paso e que se volvió una hechicera obscura y se hizo llamar Tlecuauhtli, espera dijo niela quieres decir que es la Hechicera que hechizo al papá de Conek-meztli , así es niña, pero si eso es cierto entonces ya tienen casi 500 años, nosotros somos seres de · dijo don Hipólito como Xóchitl o Conek-meztli pero Tlecuauhtli es obscura y guramente descubrió como vivir todo este tiempo, dicen que hechiza gente y bebe su gre, quiere decir como un vampiro dijo Joaquín tartamudeando, así más o menos o que a las personas que le extrae la sangre no se convierten en vampiros o algo así, plemente se mueren.

aa, me está dando miedo dijo Joaquín mejor vámonos, no mejor me dicen por que ieron a verme dijo don Hipólito, bueno dijo Daniela

nimos a verlo porque tuve un sueño dijo Daniela, que tipo de sueño dijo don pólito, Soñé que estaba en un lugar, conocido o desconocido dijo don Hipólito, conocido dijo Daniela, descríbemelo dijo don Hipólito y Daniela empezó a scribirle con lujo de detalle el lugar donde se encontraba y luego le platico que reció el Nahual y empezó a perseguirla te acuerdas por donde ibas corriendo niela empezó a platicarle, entonces don Hipólito la detuvo dime que pasaba al final sueño mataban a Conek-metztli y luego a mí, mi niña eso que soñaste es muy igroso pudo haber sido una realidad futura, que quiere decir, que eso puede nvertirse en una realidad presente, pero eso no es lo más grave, aja hay algo mas dijo nek-metzlti si me queda claro que eso que soñaste no fue fortuito fue inducido por

Tlecuauhtli hay algo que está en tu mente que ellos quieren saber, la pregunta es si l dijiste acaso lo que querían, no lo sé dijo Daniela no recuerdo bien los que paso, pu tendremos que revivirlo, que dijo Daniela a que se refiere tendremos que entrar en mente para hacer que vuelvas a soñar esa pesadilla, no me pida eso don Hipólito f horrible ver como mataban a Conek-metztli, no te preocupes Daniela esta vez yo esta contigo para poder saber que paso y si de algún modo lograron saber algo de ti.

Conek-metztli le dijo a don Hipólito y no será peligroso, claro que sí, pero yo esta con Daniela todo el tiempo, entonces manos a la obra vamos hacerlo dijo Daniela, e es mi niña dijo don Hipólito sabía que eras muy valiente.

Daniela se recostó en una cama, Don Hipólito prendió un pedazo de ocote y luego dio a Daniela una ídolo de piedra en miniatura y le dijo este ídolo será tu tótem cuan sientas que ya es insoportable tu sueño lo aprietas con las manos y este aparecerá en sueño, inmediatamente deberás de tomarlo para que te despiertes, ahora bebe esto le d un trago de algo viscoso y acido, Daniela lo tomo con un poco de asco, sauch que ₧ dio de tomar don Hipólito, sabe horrible, es una pócima para que tu mente recree sueño que tuviste, ahora recuéstate y ponte a contar hasta diez, pero respira hondo luego exhala despacio.

Daniela respiro profundo y luego exhalo, uno respiro y exhalo, dos , respiro y exha tres, respiro y exhalo cuatro, pero cuando iba en el número siete Daniela se encontra de nuevo en este campo sola corriendo y atrás de ella estaba el nahual convertido lobo, Daniela corrió por todo el camino hasta que las ramas empezaron a cobrar vida empezaron a tratar de detenerla, fue entonces que Daniela tropezó y cayó al piso, fi cuando se dio cuenta que no estaba sola en el bosque, al lado iba don Hipól corriendo pero esta vez el pájaro de fuego no se paró enfrente de ella, sino paso p encima y se paró un poco lejos, luego les lanzo un rayo de fuego

Daniela apenas pudo esquivar aquel rayo mortífero, cuando se levantó le dijo a d Hipólito, Qué diantres paso don Hipólito, no acababa de decir eso cuando quien sabe dónde salió un encantamiento de fuego y cenizas que iba dirigido directamente Daniela, Don Hipólito rechazo aquel encantamiento con su amuleto de poder entonc oyó a Tlecuauhtli que le preguntaba ¿eres tú Hipólito? Si soy yo vieja bruja y de u vez te digo que no podrás averiguar nada con Daniela, ella es mi protegida, mient decía esto lanzaba todo tipo de encantamientos, no me amenaces no quiero recordarte lo que paso la última vez que peleamos, como siempre tú y tus trampas Sofía, pero esta vez no podrás conmigo dijo Don Hipólito y lanzo un nuevo encantamiento, esto ya era una guerra entre el bien y el mal un duelo de magos encantamientos y conjuros, hechizos y maldiciones todo se valía en ese momento Daniela se escondió cerca de unas rocas mientras veía dicho duelo, ahora si veía como Don Hipólito atacaba y esquivaba con maestría todos los ataques que Tlecuauhtli le lanzaba, de pronto don Hipólito convoco el encantamiento de lluvia de truenos y empezó a atacar a Tecuauhtli que intento escapar a dicho encantamiento, protegiéndose con una burbuja, pero grande fue su asombro al ver que después de que algunos truenos que le enviaba Don Hipólito chocaban con la burbuja, poco a poco fueron mermando su resistencia y fue de repente que el ataque de don Hipólito, era tan rápido y tan poderoso que poco a poco fue rompiendo la protección que tenía Tlecuauhtli hasta que uno de los relámpagos penetro y le dio justo en el pecho, Tlecuauhtli salió volando y cayó mal herida, entonces don Hipólito se acercó para terminarla, pero Tlecuauhtli transformo su apariencia se convirtió en Sofía en aquella mujer que era su ayudante, cuando Hipólito la vio no pudo evitar titubear, entonces ese titubeo vasto para que Sofía le tumbara su bastón de poder y de otro disparo lo tirara al piso, ahora si viejo chaman llego la hora de tu fin dijo Sofía, cuando se disponía a dar su golpe de gracia fue derribada de un golpe en la cabeza, Don Hipólito quedo estupefacto, no sabía que había pasado cuando el humo se disipo pudo ver a Daniela con un tronco en la mano, levántese dijo Daniela, Don Hipólito se levantó todavía con los nervios de punta, tomo su bastón y le dijo a Daniela, por un momento pensé que era mi fin, Daniela tomo el tótem que don Hipólito le había dado lo abrazo y los dos desaparecieron.

Cuando Daniela abrió sus ojos se encontraba recostada y a su lado don Hipólito, que también regresaba de su viaje, vaya fue intenso dijo Don Hipólito, que si lo fue dijo Daniela por poco morimos, que paso dijo Conek-meztli, pues resulta que en el sueño aquí la novia del señor Hipólito nos atacó y casi nos mata, que cosas dices Daniela esa mujer no es mi novia, cual novia dijo Conek-metztli, pues cual dijo Daniela la bruja Tlecuauhtli, nos atacó pero don Hipólito se defendió como los grandes, con decirte que estuvo a punto de vencer a Tlecuauhtli, pero apenas se convirtió en Sofía y a Don Hipólito se le cayó la baba por ella, y fue cuando la bruja convertida en Sofía aprovecho para vencerlo, y estaba a punto de matarme dijo Don Hipólito, pero fue cuando apareció Daniela y la puso a dormir provocándole una jaqueca gigantesca, bueno la puse a dormir pero con un chico garrotote que ahorita se ha de estar sobando todavía el chipote que le hice, todos se echaron a reír mientras Daniela les hacía señas con las manos simulando que les enseñaba el palo con el que había golpeado a Tlecuauhtli.

Después de reír Don Hipólito les invito algo de comer que quieren que les prepare Daniela dijo yo quiero chocolate caliente y un hot cake, yo también dijo Joaquín Conek-metztli que no conocía muy bien que era lo que los chicos pidieron de comer dijo titubeante yo también. Entonces Don Hipólito movió su bastón y dijo unas palabras en náhuatl, fue entonces que todos los utensilios de cocina, se empezaron a mover, en una gran danza en armonizada con sonidos y música que se generaba con los mismos trastos, todos y cada una de las cosas sabían lo que tenían que hacer, Don Hipólito solo marcaba el ritmo con su bastón y todo sucedía, en un rato la comida estaba lista y la mesa servida, Don Hipólito les dijo a los niños hora de comer, la primera en sentarse en la mesa fue Daniela, y dándole un sorbo a su taza de chocolate les dijo a los chicos, me encanta tener de aliado a un gran mago, adoro su tipo de magia.

Cuando los chicos terminaron de tomar sus alimentos se despidieron de don Hipólito este les advirtió, que tuvieran cuidado, pues sabía en esos momentos que no pudieron sacar nada de información de la mente de Daniela, pero además confirmo y ahora estaba seguro que Tecuauhtli y el Nahual se encontraban juntos y eso en verdad era peligroso, Daniela le dijo que no se preocupara pues ahora con Conek-metztli el Nahual no se atrevería a atacar, sin embargo no se confíen dijo Don Hipólito, está bien dijo Joaquín, si viene ese Nahual se las verá conmigo de nuevo, y así los chicos salieron de la casa de don Hipólito y empezaron a caminar sobre la hierba rumbo a la vereda que los llevaba a la iglesia del padre Gelasio, en esas estaban cuando de repente se escucho el sonido de un trueno y un relámpago se dirigía en dirección de Daniela, sin embargo no llego a tocarlos pues choco directamente contra un campo de fuerza invisible, de la nada apareció Tecuauhtli volando cerca de donde se encontraban los chicos inmediatamente Tlecuauhtli arremetió contra nuestros héroes , ahora con una bola de fuego pero de igual manera esta fue rechazada por el campo de fuerza que Don Hipólito había puesto, Tlecuauhtli se enojaba muchísimo por no poder traspasar dicha protección, el Nahual y un pequeño ejército de durmientes veían a Tlecuauhtli con impaciencia esperando que se rompiera el escudo protector para atacar, fue entonces que Tlecuauhtli saco un libro que siempre llevaba consigo y empezó a buscar e encantamiento para romper el escudo, mientras tanto don Hipólito sintió la presencia de Tlecuauhtli y fue en busca de Daniela, para entonces la vieja Tlecuauhtli encontraba el encantamiento llamado fuego negro Tlecuauhtli con maestría ejecutaba dicho encantamiento y de sus ojos y manos empezó a salir fuego pero era un fuego negro y obscuro inmediatamente empezó a envolver el escudo de don Hipólito no paso mucho tiempo cuando por fin Tlecuauhtli logro romper el escudo, fue en ese preciso momento en que se rompió cuando el Nahual atravesó o al otro lado a toda velocidad el Nahual iba convertido en lobo, Conek-metztli tomo una de sus flechas y apunto con su arco sin embargo Tlecuauhtli le lanzo una bola de fuego Conek-metztli apenas la pudo esquivar, pero la bola de fuego choco con unos troncos y comenzó a hacerse un incendio, Conek-metztli se repuso pero ya el Nahual había salido de la mira de este, sin embargo se enfocó en los durmientes, lanzo una flecha y le pego a uno de ellos pero como eran esqueletos las flechas rebotaban solo los perturbaban un poco pero después seguían avanzando, Conek-metztli balbuceo y ahora estos que no los puedes matar, porque ya están muertos, claro que si pueden morir dijo una voz atrás de Conek-metztli era don Hipólito, Don Hipólito por todos los dioses dígame como los puedo derribar, ataquemos con luz, nosotros somos seres de iluminación y ellos vienen de los lugares más obscuros del inframundo, así que utiliza el fuego para acabar con ellos, diciendo esto Conek-metztli tomo una flecha y la puso al fuego luego la lanzo, a uno de los durmientes que se acercaba amenazadoramente hacia ellos, la flecha ahora si se clavó de forma muy extraña en los huesos y de repente el durmiente, se incendió por completo hasta quedar echo cenizas, fue entonces que don Hipólito le pregunto a Conek-metztli por Daniela, no lo sé dijo salió corriendo con el Nahual detrás de ella Joaquín la acompañaba.

Por tanto Daniela corría tan rápido como podía seguida por Joaquín, no muy lejos de ahí el Nahual los seguía olfateando el camino por donde habían pasado, Joaquín jadeaba de lo cansado que se encontraba ya no puedo mas Daniela, tu sigue no Joaquín saldremos juntos de esto así que agarra tu segundo aire, en esas estaban cuando Tlecuauhtli paso por encima de sus cabezas fue entonces que se detuvieron, Joaquín tomo un tronco y dijo creo que es hora de pelear, creo que si Joaquín dijo Daniela y se detuvo mirando a la vieja bruja que se materializaba en una mujer en ese momento, deténganse ya están perdidos dijo la bruja, sin embargo Joaquín apretó su tronco y dijo, pelearemos hasta el final, tranquilo niño si dejas que nos la llevemos, te dejamos ir sin hacerte daño, se equivocan no dejare que se salgan con la suya y diciendo esto se lanzó sobre Tlecuauhtli, esta apenas lanzo un rayo con su rama de poder y Joaquín salió volando por los aires y justo cuando iba a caer quedo sostenido en el aire por un remolino de hojas, fue entonces que apareció Xóchitl que inmediatamente empezó a generar una tormenta, la cual lanzo sobre Tlecuauhtli, esta se defendió con un hechizo de anti tempestad que lanzo al aire y con eso evito la tormenta, mientras tanto el Nahual llego a donde estaban Daniela y Joaquín y se abalanzó sobre ellos, Joaquín se encontraba todavía mareado del ataque de la bruja y Daniela tenía que enfrentar sola al Nahual, El Nahual se convirtió entonces en una especie de jaguar con alas y se lanzó sobre Daniela, Daniela empezó a correr lo más rápido que podía pero se regresó con dirección hacia donde se encontraban don Hipólito y Conek-metztli , el Nahual cada vez estaba más cerca de Daniela cuando casi la alcanzaba la adrenalina hizo que los poderes de Daniela se activaran en ella nuevamente, Daniela sintió como llegaba una fuerza extraña en ella y empezó a correr cada vez más rápido su cuerpo emanaba luz, el Nahual lanzo un rugido y se lanzó con más fuerza pero Daniela empezó a ganar ventaja entre más rápido iba más fuerte se sentía, fue entonces que se devolvió y le dijo al Nahual ya no correré mas es hora de enfrentarme a ti, tomo entonces una roca, fue entonces que le dijo el Nahual que piensas hacer con eso lanzármela, claro que no dijo Daniela y diciendo esto empezó a correr, pero a tal velocidad que el Nahual apenas vio una imagen borrosa que se acercó a él, cuando trato de reaccionar Daniela acertaba tremendo golpe en el hocico del Nahual que se sacudió del dolor, inmediatamente Daniela tomo un tronco y ahora arremetió contra el Nahual golpeándolo en las piernas el nahual no sabía lo que pasaba solo veía sombras borrosas de Daniela y sentía los golpes que esta le propinaba, el Nahual lanzaba zarpazos y mordidas en vano, pues todo su ataque se quedaba en el aire sin encontrar al rival.

En otro lado Xóchitl peleaba con Tlecuauhtli ahora Tecuauhtli había tomado la iniciativa y mandaba severas bolas de fuego a Xóchitl, pero dichas bolas de fuego eran apagadas antes de llegar con un especia de chorro de aire comprimido que salía de sus manos, fue entonces que Tecuauhtli se volvió un pájaro de fuego y preparo un mortífero ataque final , sin embargo Xóchitl no dejo que Tlecuauhtli se acomodara para lanzar su encantamiento, en cuanto alzo las manos y empezó hablar Xóchitl lanzo una gran ráfaga de agua que choco directamente con el cuerpo de Tlecuauhtli, apagándola inmediatamente y lanzándola a varios kilómetros del lugar solo se oyó gritar a la bruja mientras caía muy cerca de los bosques encantados.

Por otro lado el Nahual no encontraba la forma de poder detener a Daniela, pues esta era cada vez más fuerte y rápida los ataques simultáneos de Daniela tenían desconcertado al Nahual, que opto por convertirse en un cuervo y largarse del lugar.

entras tanto Don Hipólito y Conek-metztli peleaban con el ejército de durmientes, embargo no se dieron cuenta que con los durmientes venía el Ahuizotl, conocido nstruo acuático con manos y pies de mono, orejas puntiagudas y cubierto de espinas, taba con una larga cola que remataba con una mano en la punta con la cual tomaba do lo que se acercara, el Ahuizotl era el encargado de levantar a los durmientes para e se alistaran para la pelea, entonces hizo sonar un caracol que colgaba de su cuello, o muy lejos de ahí en un cementerio cercano, un nuevo ejército de durmientes salió la tierra y se preparó para atrapar a Daniela, salieron marchando del cementerio con nbo donde se encontraba Daniela, cuando los durmientes llegaron al lugar, Daniela estaba reponiendo de la pelea con el Nahual, y se quedó sentada en un tronco sin se cuenta que los durmientes se acercaban peligrosamente, justo cuando Joaquín iba gando al lugar, vio como los durmientes tomaban a Daniela e intentaban llevársela, quín apretó su tronco que todavía llevaba en la mano y se lanzó sobre el ejército de mientes, que tenían a Daniela, fue entonces que en Daniela se volvieron activar sus erpoderes y su cuerpo hizo una contracción extraña y de repente como si de su rpo saliera un pulso electromagnético, se oyó un sonido luego una luz y en ese mento todos los durmientes salieron volando por los aires, Joaquín se quedó quiabierto mirando lo que pasaba de repente cuando se dio cuenta Daniela se ontraba enfrente de él, préstame tu palo le dijo a Joaquín, ahora verán esos hijos de ctlantecuhtli, y diciendo esto salió con una velocidad vertiginosa, que para los ojos Joaquín solo alcanzaba a percibir una figura plateada en movimiento que dejaba una ela luz por donde pasaba y una gran fila de esqueletos triturados volaron por los aires ndo pasaba cerca de ellos, Joaquín no podía creer lo que veían sus ojos pues apenas eía que la luz se dirigía algún durmiente y luego de un certero palazo los hacia volar los aires.

n Hipólito y, Conek-metztli ya habían terminado con el ejército de durmientes con el se enfrentaban y llegaron caminando muy orgullosos y con la cabeza en alto pues re los dos habían terminado con al menos unos 100 Durmientes, grande fue su mbro cuando llegaron al lugar donde se encontraba Daniela, pues el campo estaba o de esqueletos mutilados y había por los menos 500 en el piso.

e paso aquí dijo Conek-metztli, nada que nos atacó un ejército enorme de mientes, pero Daniela acabo sola con ellos, no me dejo ni siquiera derribar alguno, ay con Daniela y nosotros que nos encontrábamos orgullosos de haber acabado con el pequeño ejército y mira nomas, creo que se están empezando a cumplir las fecías dijo don Hipólito.

Que profecías dijo Xóchitl, que en ese momento llegaba al lugar, todas aquellas q
indican que Daniela será quien detenga a Mictlantecuhtli, contesto don Hipólita,
temo que si dijo Xóchitl solo que no se si Daniela ya esté preparada para recibir e
clase de poder, fue cuando se dieron cuenta que Daniela se encontraba aun aterrada
haber enfrentado aquellos esqueletos, todavía no tenía ni la más remota idea de cór
utilizaría sus poderes, ni cómo controlar todo lo que hasta ahora no sabía que pos
solo estaba sentada en el tronco mirándose las manos que se iluminaban de una for
extraña.

Capítulo 2

CONEK-METZTLI

(LIBRO 2)

CONEK-METZTLI Y EL UMBRAL DEL TIEMPO

Al día siguiente Daniela se levantó, planeando ir al zócalo de la de la ciudad
México, pensaba que si el umbral del tiempo estaba allí lo podría encontrar, y cerra
para siempre, y así evitar el a catástrofe que se avecinaba, se levantó y se fue
desayunar y después pidió permiso al padre para ir a ver a Joaquín para platicarle
idea de ir a la cd de México a buscar el umbral del tiempo, cuando Daniela salió de
iglesia se encontró con alguien que no conocía que nunca había visto, era una mu
conocida como la Yusca una bruja que tiene la habilidad de sacarse los ojos
ponérselos a las aves para poder espiar, a donde vas con tanta prisa le dijo a Danie

por ahí contesto Daniela que no le gustaba dar explicaciones de más y menos a una desconocida, vas a ver a Joaquín dijo la bruja, espera, espera como sabes eso, no serás el Nahual, no mi niña hay seres de luz y entes del mal como el Nahual, pero yo estoy en medio y tomo partido de acuerdo a mi conveniencia, y como para que vienes a verme, e dijo Daniela que era siempre muy directa, pues me dijo un pajarito que tú eres la elegida y sonrió cínicamente, es verdad, quien te dijo eso le recrimino Daniela, eres o no eres la elegida, dijo la Yusca acercándose demasiado a Daniela, Daniela se hizo para atrás y le dijo no, no lo sé, dijo Daniela titubeante, pues estas a muy buen tiempo de decidirte si eres o no, porque la maldad se acerca cada vez más y tú no te puedes dar el lujo de titubear, si eres la elegida tienes que creerlo y estar segura de ello hasta la medula de los huesos, y que pasa si digo que no, pues entonces le ofrezco mis servicios al sr Nahual, oye de eso se trata todo esto de una supuesta alianza conmigo, no se te hace que quien debería estar segura de que lado va estar eres tú, ya te lo dije mi niña yo solo veo mi conveniencia y si tú eres la elegida, no hay manera de que el emperador maligno gane, así que si eres la persona que busco, me tienes a tu servicio, vaya vaya se escuchó una voz que venía de arriba de una casa, miren a quien tenemos aquí a la reconocida, astuta y siempre comodina de la Yusca, hola Conek-metztli, como siempre sorprendiéndome, que haces aquí dijo Conek-metztli, pues nada que vengo a ponerme a sus órdenes de tu jefa, espera dijo Daniela, yo no soy su jefa, Conek-metztli y yo solo somos amigos, ahorita pero después las cosas van a cambiar ya lo veras, ok ok y digamos que aceptamos tu ayuda, dijo Daniela en que puedes apoyarnos, aparte de que tendrían mi magia a su servicio, podre prestarle mis ojos para que puedan ver cuáles serán los pasos que piensa dar el Nahual, me parece buena idea dijo Daniela, yo creo que si aceptaremos tu ayuda dijo Daniela, mmrjr mmmm aclaro la voz Conek-metztli, este Daniela me permites un segundo, Conek-metztli jalo a Daniela hasta donde la Yusca no pudiera escucharlos, Daniela no nos conviene que esta bruja este aquí, es intrigosa y traicionera como una serpiente, cuando Rodrigo el niño pelirrojo fue capturado dicen que fue ella quien lo entrego a la secuaces del Nahual, a lo mejor tienes razón pero algo me dice en el corazón que se debe de quedar, que se me hace que mejor acabo con ella de una vez dijo Conek-metztli acariciando su arco, no espera dijo Daniela sosteniéndole la mano te acuerdas de aquellos súper poderes pues resulta que hay algo de ella, que sé que me servirá en el futuro, ahora resulta que ves el futuro Daniela, no pero lo siento Conek-metztli, lo que pasa es que en verdad hay cierta energía en ella que me dice que nos podría ayudar, está bien, está bien dijo Conek-metztli, la aceptaremos pero no le quitare el ojo de encima, ok gruñoncito dijo Daniela, se acercaron donde se encontraba la Yusca, y entonces les pregunto, que habían decidido, nos convenciste dijo Daniela te aceptamos en el grupo, gracias mi niña no te arrepentirás, no cantes victoria vieja bruja dijo Conek-metztli, te estaré vigilando y a la primera traición acabo contigo, vaya vaya el niño lunar se puso violento dijo la Yusca no soy ningún niño lunar y que quede claro que te quedas con nosotros porque Daniela quiere, pero yo no confío en ti para nada, escuchaste Yusca tramposa, si me quedo claro que tú no me aceptas no sabes cuánto me alegro que sea ella la jefa, Conek-metztli se le quedo mirando con el rabillo del ojo frustrando su coraje y salió caminando y pataleando del lugar, está bien dijo Conek-metztli y a donde vamos Daniela, vamos a buscar a Joaquín para a ir al zócalo de la ciudad de México, al zócalo y que hay ahi vamos a ir en busca del umbral del tiempo, y quien te dice que ahí se encuentra dijo Conek-metztli, pues todos los indicios nos llevan al zócalo de la ciudad de México y ahí será donde iremos, está bien los acompañare yo tengo mis propias deudas que saldar con esa puerta del tiempo, porque dijo Daniela, porque hace algún tiempo gracias a esa puerta tuvimos que pelear con alimañas y durmientes, te refieres a los esqueletos como los que vi en mi sueños, exacto María el umbral del tiempo tiene la capacidad de conectar al mundo de los vivos, con el inframundo, a caray dijo la Yusca eso es verdad, claro que si vieja bruja, dijo Conek-metztli, yo no le veo el caso dijo la Yusca, el caso de que de ir a buscarlo, pregunto Conek-metztli, no de que me digas vieja bruja por todo, tú también haces preguntas y no por eso te ando diciendo lunático por cualquier cosa, yo no soy lunático y tu si eres una vieja bruja, en esas estaban cuando se enredaron de nuevo en otras discusión, Daniela les grito ya se pueden callar así van a estar todo el camino, porque les juro que son insufribles, perdón Daniela dijo la Yusca, es que este niño me saca de quicio, pero para que veas que quiero estar en paz le ofrezco la mano de la paz a Conek-metztli, y diciendo esto extendió su mano hacia Conek-metztli, a este no le quedó otra que estrecharla y así, pactaron la paz.

Se fueron caminando hasta que llegaron a la casa de Joaquín, Daniela se disponía a gritarle cuando la Yusca le dijo porque no me dejas enseñarte un poco de mi poder déjame subir a ver que está haciendo, tu solo mira en este espejo, entonces la Yusca saco de su bolso un espejo, y se lo entrego a Daniela, en ese momento la Yusca empezó a hacer un sonido de pájaro, muy extraño después de un rato un pájaro de color negro se acercó, se paró en una rama , y la Yusca dijo un conjuro que hizo que sus ojos se salieran de sus cuencas y se posaran en la cara del pájaro, en cuanto los ojos de la Yusca se posaron en el pájaro, Daniela empezó a ver a través del espejo todas las imágenes que el pájaro miraba en ese momento, la Yusca le dio la orden al pájaro para que fuera a la ventana del cuarto de Joaquín, cuando el pájaro llego se posó en la

ventana y empezó a voltear para todos lados, hasta que encontró a Joaquín y entonces
lo miro fijamente, Joaquín abrazaba un oso de peluche mientras bailaba una canción de
moda, le decía como me gusta bailar contigo Daniela, eres la pareja perfecta entonces
se disponía a darle un beso, abajo Daniela y Conek-metztli se quedaron mirando y
Conek-metztli le dijo a Daniela, tú y Joaquín son novios o algo así, nooo como crees,
dijo Daniela poniéndose un poco roja, pues si no lo es, esta perdidamente enamorado
de ti mira como intenta besarte, en primera no intenta besarme a mí, sino a un oso de
peluche, si pero le puso tu nombre, dijo Conek-metztli, ya deja eso dijo Daniela y se le
quedo mirando fijamente al espejo, y entonces fue en ese momento como si existiera
alguna comunicación con Joaquín que este volteo a ver al pájaro y antes de darle el
beso al oso de peluche asusto al pájaro, pues le pareció extraño que un pájaro negro
estuviera en el marco de su ventana, así que le lanzo el oso de peluche, inmediatamente
el pájaro voló y Daniela dejo de ver a Joaquín, la Yusca llamo al pájaro y sus ojos
volvieron a sus cuencas, ya ves que puedo ser útil dijo, eso que contesto Conek-metztli
lo único que averiguamos es que Joaquín está enamorado de Daniela, bueno dijo
Daniela velo de esta forma sino hubiera sido por la Yusca jamás nos hubiéramos
enterado no crees, bueno eso sí dijo Conek-metztli, la Yusca se le quedo mirando con
mirada de triunfo y Conek-metztli solo hizo una mueca, Daniela le grito a Joaquín para
que bajara y este se asomó por la ventana y haciendo un señal con los dedos índice y
pulgar, le grito, espérame, en un momentito bajo, diciendo esto Joaquín beso a su oso
de peluche y le dijo perdón por dejarte sola, pero tengo que acompañarte en la vida real
a alguna aventura, acomodo a su oso en la cama y salió corriendo rápidamente.

Cuando llego con Daniela esta se le quedo mirando un poco extrañada respecto a lo que
acababa de ver y entonces le dijo Joaquín mañana me acompañaras al zócalo de la
ciudad de México para buscar el umbral del tiempo, eeelll uuumbral del tiiiempo ees
que mmmee da un poco de mieeedooo, vamos Joaquín no seas collón además nos va
acompañar Conek-metztli, verdad, dijo Daniela y Conek-metztli asintió con la cabeza y
yo puedo ir con ustedes dijo la Yusca, está bien contesto Daniela los veo mañana al
amanecer, al amanecer no puedo estaré con mi madre contesto Conek-metztli , pero si
gustan pasar por mí en lo que llegan a la cima de la montaña, ya me abre desocupado y
tu Yusca mmm para mí también es muy temprano dijo, que ruta será la que tomen, nos
iremos cruzando el pueblo y el lago hasta llegar a los bosques encantados, que te parece
si ahí te veo, por mi si quieres no vayas dijo Conek-metztli, silencio mi des pigmentado
amigo estoy hablando con la jefa, Daniela le contesto ya te dije que no soy ninguna jefa
y si, si quieres podemos vernos en la entrada de los bosque encantados, ok no se diga

mas dijo la Yusca ahí estaré, bueno pues entonces mañana te veo al amanecer no lo olvides Joaquín en el centro del pueblo, ok mañana te veo.

Y así los dos chicos se fueron a su casa, al día siguiente Daniela se levantó muy temprano y se puso a preparar su mochila para el viaje, guardo una botella de agua, una bolsa de dormir, una muda de ropa y se preparó sus ricas tortas de milanesa, por otro lado Joaquín hacia exactamente lo mismo empaco una muda de ropa, una bolsa de dormir, una botella de agua, solo hubo una variante él se preparó ricas tortas de huevos con frijoles.

La primera en llegar al lugar fue Daniela y allí donde creció un ahuehuete, en la jardinera se sentó a esperar, después de un rato vio a un niño que cargaba una pesada mochila, espero a que llegara y lo saludo hola Joaquín, listo para la aventura, si Daniela listo pues entonces vayamos en busca de Conek-metztli ok , así cruzaron caminando el pueblo hasta que llegaron a las faldas de la montaña y comenzaron a subir ahora todos sus pasos serian cuesta arriba caminaron hasta que llegaron a la cima de la montaña y allí comenzaron llamarlo, Conek-metztli, Conek-metztli le gritaban, pero este no aparecía por ningún lado, de repente Daniela escucho la risa de un niño en las ramas de los árboles de Aguacate, luego de forma inesperada a Joaquín le lanzaron una pequeña rama de aquellos árboles, Daniela vio a Conek-metztli y tomo un aguacate que estaba en el piso y se lo lanzo, con tal tino que le dio en la frente al rapaz, Conek-metztli cayó sobre un montón de hojas apiladas y ahora los que reían eran Joaquín y Daniela.

Después de un rato Conek-metztli se levanto y se sacudio las hojas, luego saludo a Daniela, hola Daniela y dime ya estas lista para la aventura has venido a invitarme, Tu ya estabas invitado desde ayer dijo Daniela, y solo quería cerciorarme de que vas acompañarnos pues necesito tu ayuda vamos a ir en busca del Umbral del tiempo , y ya sabes dónde se encuentra ese lugar, en el Zócalo de la Ciudad de México, de acuerdo a la información que me dio don Hipólito todos los indicios nos llevan para allá, bueno pues había quedado que los acompañaría dijo Conek-metztli, solo déjenme preparar mis cosas para el viaje, tomo entonces un moral hecho de piel y le puso un poco de comida, agua y unos frascos con medicinas que el mismo había preparado con hierbas y flores, pero lo que no podía faltar era su arco y sus flechas, se los coloco en la espalda y entonces exclamo ahora sí vayamos en busca de ese umbral del tiempo, desde lejos se podía ver bajar de la montaña a Daniela, Joaquín y Conek-metztli, caminaron hasta llegar a las faldas de las montañas y más allá el pueblo y más allá, el pastizal, y más allá, el lago, y más allá y más allá..

minaron hasta que llegaron a la entrada de los bosques encantados y allí fue donde se
ercó a ellos la Yusca, que los esperaba sentada en una roca, Conek-metztli comento
ra nomas que cansada estas vieja bruja, vaya, vaya contesto la Yusca pensé que no
in a llegar seguro los retraso mi lunático amigo, porque se mueve más lento que una
rtuga, vieja bruja soy más rápido que tú, te reto a unas carreras en este momento, la
isca se llevó la mano a la boca y dijo aburrido y Daniela le dijo a Conek-metztli,
jor pon atención porque entre más nos acercamos a la entrada del bosque estoy
ndo sombras de pequeños hombrecillos que cruzan de un lado a otro, como crees
o Joaquín solo son sombras que se forman con los árboles, lo cierto era que entre
is se acercaban a la entrada del bosque más sospechoso se veía el camino, algunas
nbras se cruzaban, las ramas se movían cuando entraron al bosque la Yusca se quedó
iera y los dejo pasar primero, de repente cuando iban caminando una gran red se
ivó atrapando a Joaquín y Conek-metztli, Daniela con los poderes que había
quirido dio un salto rapidísimo y logro salirse de la red y aterrizar en una rama, que
sa grito Joaquín quien nos atrapo, no lo se dijo Daniela pero ahorita lo averiguamos,
niela bajo de la rama y tomo un cuchillo de la bolsa de Conek-metztli y cuando
ero a sus compañeros, Conek-metztli se levantó tomo su arco coloco una flecha y
into a una de esas sombras que caminaban de un lado a otro, cuando se disponía a
zar la flecha, se topó de frente con Pitsin el jefe chaneque, que les pregunto quiénes
i ustedes y a adonde se dirigen, mi nombre es Conek-metztli soy el hijo de la luna y
os son mis amigos Daniela y Joaquín, aja con que tú eres el famoso Conek-metztli el
io que nació de una madre azteca pero es hijo de la luna, si ese soy yo dijo Conek-
tztli, y tu quien eres, mi nombre es Pitsin soy el jefe chaneque, nada se mueve por
uí o cruza mis bosques, si yo no lo permito, ahora díganme que hacen aquí, entonces
ntesto Daniela, vamos en busca del umbral del tiempo, y ya saben dónde quedan ese
ar, si todos los indicios nos llevan al zócalo de la ciudad de México, y díganme que
i hacer cuando lo encuentren, tenemos que cerrarlo dijo Daniela y ya saben cómo
cerlo, dijo Pitsin, no pero ya se nos ocurrirá algo contesto Daniela entonces me van a
cesitar, porque por lo que veo ninguno de ustedes sabe el conjuro para cerrar ese
ibral así que los acompañare necesitara toda la ayuda posible, pero no iré solo,
vare a ocho de mis mejores hombres y diciendo esto tomo un caracol que llevaba
nsigo y los hizo sonar tres veces uuummmmmmmm, uuuummmmmmm,
uummmmmmm, de repente por todos lados del bosque empezaron a salir chaneques
ertemente armados, de debajo de la tierra, de encima de los árboles, de entre los
torrales muy pronto los bosques se llenaron de pequeños hombrecillos listos para
ear, de entre toda la multitud se podía ver algunos chaneques más fuertes, o más

altos, incluso los que eran de tamaño regular se veían más feroces que el resto d ejército, se acercaron al jefe Pitsin y se reportaron al llamado, el jefe chaneque l presento a Daniela y a Conek-metztli estos son mi feroces guerreros:

Este es Colli: que significa el abuelo, es mi guerrero con más experiencia experto tácticas de guerra.

Este es Miztli: que significa puma es mi más silencioso guerrero pero letal con cuchillo y en peleas cuerpo a cuerpo.

Este es Xocoyotl : que significa el hermano menor es mi mejor arquero y el más joven de los guerreros

Este Axolotl: significa Ajolote es mi mejor guerrero para mimetizarse con la naturalez créeme no lo ves venir hasta que ya estás perdido.

Este es Iscuintli: que significa perro él es nuestro mejor rastreador y excelente con la espada.

Osomatli: significa mono: es excelente derribando murallas y trepando cualquier clase muro.

Malinalli: significa hierba torcida es el mejor curandero brujo y chaman de la región además de excelente guerrero.

Tlamatini: significa el sabio es el mejor de mis hombres, el que coordina a todo este grupo de asesinos.

Daniela y Conek-metztli los saludaron y los guerreros haciendo un saludo característi de la tribu chaneque alzaron su arma en la mano derecha y gritaron a una sola v ruammm, entonces Pitsin les dio la orden de preparar el campamento para viajar, diciendo esto los guerreros chaneques se prepararon para salir en busca del umbral d tiempo lo más pronto posible, y así se podía ver desde lejos cruzando los bosqu encantados a Daniela y Conek-metztli a Joaquín y a Pitsin y atrás de ellos a los oc mejores guerreros chaneques, caminaron y caminaron hasta que salieron de los bosqu encantados y justo cuando empezaron a caminar hacia la zona de los lagos, apareció Yusca en ese momento todos los guerreros prepararon sus armas cuando la vieron, momento dijo Conek-metztli ella viene con nosotros, entonces Pitisin dio la orden todos bajaron sus armas, sin embargo Pitsin se acercó con su cuchillo y lo puso m erca de la garganta de la Yusca, es cierto eso vieja bruja, la Yusca hizo a un lado con os dedos el cuchillo, claro que es cierto jefe, yo vengo con ellos estoy del lado de los uenos, más te vale, ahora caminemos que la noche es larga y tenemos que llegar por lo menos a la entrada de la ciudad de México, si queremos estar mañana allá en el zócalo, stá bien avancemos dijo Daniela que siempre estaba motivada y lista para la acción ok dijo Joaquín y entonces caminaron y caminaron hasta que cayó la noche, entonces dijo l jefe aquí acamparemos, mañana será un gran día, todos se detuvieron y empezaron a evantar el campamento muy pronto las tiendas de campaña estaban listas todos usieron camas provisionales y bolsas que confeccionaron para dormir, estas quedaron lrededor de una gran fogata que prendieron los chaneques, todos empezaron a platicar istorias que habían vivido en batalla o del lugar en que Vivian, era bueno ver a iferentes tipos de personas compartiendo su pan y su bebida los guerreros chaneques isfrutaban de vivir la vida y reían a carcajadas, cuando de repente una extraña bestia aso rosándole la mano a Daniela, rayos que fue eso, Joaquín tartamudeo y dijo yo lo vi ra una especie de perro extremadamente peludo parece una especie de oso blanco, de epente paso ahora cerca de la Yusca diablos esta por aquí y no es blanco es negro odos los guerreros se pusieron en guardia y listos para atrapar a la bestia, sin embargo a no apareció, luego todos escucharon una voz que les dijo, en verdad piensan azarme, sin darme la oportunidad de defenderme si no les echo nada, basta con que epamos que tienes facha de carnívoro, para saber que te gusta la carne y que quieres trapar a una presa, no saben qué tan equivocados están, en primera no soy carnívoro e alimento de las almas y si tengo afilados dientes, pero me sirven para otra cosa, uien eres dijo Daniela y que quieres de nosotros, a tu eres Daniela, la elegida, puedo entir tu alma como es tan poderosa, muéstrate dijo Conek-metztli empuñando su rco, mmm vaya vaya vaya si tenemos un bufete de almas poderosas por aquí, también stá el hijo de la luna y por ultimo Pitsin el jefe chaneque, y díganme a que debemos ue semejantes eminencias estén en mis terrenos, estos no son terrenos de nadie, dijo Daniela, de repente solo la cabeza se materializo en la cara de Daniela, te equivocas mi iña estas son mis tierras y yo soy el vigilante, inmediatamente el jefe chaneque tomo u espada y trato de matarle pero este se hizo humo nuevamente y soltó una carcajada, Daniela volvió a insistir quien eres y que quieres de nosotros, soy un Cadejo dijo, un ue dijo Joaquín, un cadejo contesto Conek-metztli conozco la leyenda de esas limañas pero nunca pensé que me encontraría con una, pues ya la encontraste hijo de a luna y dime que sabes de mí.

Cuenta la leyenda que ustedes son jinetes, pero no pertenecen a los dioses buenos ni los malos sino son los jueces del purgatorio, dicen que cuando es un alma mala la que se topa contigo, tú te pones tu traje negro y luego te lo llevas alimentándote de su alma y cuando es un alma buena te tornas blanco y entonces ayudas a esas personas.

Es verdad lo que dices, dijo el Cadejo, ese soy yo y entonces apareció en medio del campamento, pero su pelaje era de color blanco, escuche que Daniela necesitaba ayuda y como podrán ver mi pelaje es blanco por lo tanto la ayudare, sé que quieren llegar al umbral del tiempo, pero van a necesitar más que indicios para llegar a ese lugar, solo saben que está en la ciudad de México, pero para llegar tendrán que andar en donde se encuentran los laberintos que están debajo del zócalo y podían pasar una vida buscando el umbral sin encontrarlo, pues dicho umbral se mueve a diferentes posiciones dependiendo del tiempo o del clima, y como puedes ayudarnos dijo Daniela que nunca perdía detalle, yo viví en los laberintos por más de doscientos años los conozco como la palma de mi mano perdón como la palma de mi pata, entonces nos acompañaras, claro si es un buen fin siempre pueden contar con mi lado bueno.

Ok, pues entonces vayamos dijo Daniela, yo les recomendaría que mejor no durmiéramos un rato y mañana con la luz del sol será más fácil dijo el cadejo recuerden que este umbral cambia de posición y depende también del tiempo para aparecer en algunas de los lugares de más fácil acceso, además por la noche dentro de los laberintos se encuentra uno cada sabandija o los durmientes de Mictlantecuhtli, que ya saben que no son nada amigables, está bien dijo Joaquín mejor nos dormimos y a rato cuando amanezca vamos en su búsqueda , está bien dijo Daniela vayamos a dormi pero mañana nos despertaremos a primera hora y no abra laberinto o camino que me detenga dijo Daniela.

Cuando amaneció la primera en abrir los ojos fue Daniela, inmediatamente se dispuso a despertar a todo el campamento, cuando ya todos estaban de pie, Daniela busco al cadejo pero como no lo encontraba empezó a lanzar maldiciones, huuy mi niña no crea que me merezca tantas maldiciones, quien dijo eso, dijo Daniela, soy yo contesto el cadejo y apareció su cabeza en frente de Daniela, y ahora porque desapareciste, de donde saliste, pues hay muchas cosas que no saben de mí, como este poder de transformación, pues eso si me pegaste un buen susto, de repente se oyó la voz de Joaquín que le decía acaso no tiene el poder de quedarse callados, para que dejen dormir, levántate Joaquín no seas flojo, le dijo Daniela jalándole la cobija que Joaquín se había echado encima, sin embargo Joaquín se movía de un lado al otro tapándose la cabeza, en señal de que quería seguir durmiendo, vamos a entrar ya al laberinto en busca del umbral del tiempo, inmediatamente Pitsin y sus soldados empezaron a levantarse, Conek-metztli ya se encontraba esperando en la puerta del laberinto junto a a Yusca, es hora de irnos dijo a Joaquín, antes debemos comer y guardar nuestras cosas, está bien dijo Joaquín y empezó a guardar su bolsa de dormir en su mochila, pronto todos se encontraban sentados degustando sus alimentos, Daniela disfrutaba sus tortas de milanesa y Joaquín su torta de frijoles, mientras comían Joaquín le decía a Daniela oye Daniela y que va a pasar si por alguna circunstancia se dificulta cerrar la puerta del umbral, pues no se Joaquín, lo único que me da miedo es que el Nahual amenazo, que por ese umbral pasaría a nuestras tierras Mictlantecuhtli el señor de los muertos y su ejército de durmientes y ya sabes vienen a cubrir con obscuridad a toda la tierra y hacer esclavos a los humanos, por eso es importante que esta puerta este cerrada por ambos lados del portal dijo Conek-metztli que escuchaba la plática sin perder detalle, entonces intervino Pitsin así que esa es la razón de cerrar el portal, ya decía yo que algo raro estaba pasando

Si contesto Daniela las cosas se están poniendo más difíciles cada vez, pues la verdad no sabemos cuántos aliados tenga Mictlantecuhtli, nosotros sabemos que existe el Nahual y también Tlecuauhtli y no se olviden de los durmientes dijo Joaquín, pero que cosas dicen dijo Pitsin yo y mi ejército hemos combatido con monstruos que le erizarían la piel, como las Tisiguas son mujeres con cuerpo de pescado y son malignas que habitan los ríos de los bosques y se disfrazan de peces, pero cuando lanzas tu anzuelo para cazarlas una toma tu caña de pescar y la otra derriba tu lancha para que lleguen en cardúmenes de Tisiguas con los dientes más filosos que haya visto, devorándose a sus víctimas en segundos se comen todo menos las cabezas estas se las llevan a una cueva donde se encuentra la Reyna la cual devora los ojos el cerebro y toda la piel de la cabeza luego la coloca en una laza que dejan clavada a la entrada de la cueva para ahuyentar a los humanos y así evita que se acerquen.

También es seguro que nunca se han enfrentado al Ahuizotl, dijo Pitsin, es una terrible bestia acuática que habita en los ríos y lagunas de México su descripción nos dice que es un perro de aguas cubierto de espinas tiene manos y patas de simio, pero en la punta de la cola también tiene una fuerte garra de con la cual somete a sus víctimas, a ese si lo conocemos dijo Daniela lo vimos cuando enfrentamos al Nahual y a los durmientes la otra ocasión.

Ya párenle dijo Joaquín con tantas leyendas ya me está dando miedo entrar a buscar el umbral del tiempo, entonces se le acerco la Yusca y le dijo al oído muy quedito no son leyendas y si existen, en eso a Joaquín se le erizo la piel y se alejó un poco de la Yusca. No trates de asustarme Yusca tramposa, no está tratando de asustarte dijo Daniela esas sabandijas si existen y tenemos que estar alertas porque si es verdad lo que me dijo Don Hipólito seguramente el sr de los muertos ya los habrá reclutado para que sirvan a su causa.

Dejémonos de sermones dijo Pitsin, y entremos ya al laberinto la aventura nos espera, y sin decir más les dijo a sus hombres que corrieran hacia lo que parecía una entrada, por esa razón no pudieron escuchar al cadejo que les gritaba, esperen, fue muy tarde para los chaneques pues estos rebotaron en un monumental muro al desaparecer la entrada del laberinto, escuchen el laberinto está protegido por la magia de Tlecuauhtli, así que debemos esperar a encontrar en donde va abrir la puerta, en la entrada aparecerá una pregunta debemos leerla en voz alta y luego debemos engañar a la hechicera, y como propones que hagamos eso, dijo Daniela, resulta que cualquier que no sea un adorador de Mictlantecuhtli no puede pasar, entonces solo entran dos personas al laberinto, los jefes y su aprendiz, esta es la forma en que podremos hacerlo y será de la siguiente manera, resulta que por la tarea que me fue asignada yo he estado en los dos lados de la moneda yo y otra persona que viene con nosotros, y señalo con la cola a la Yusca. Yooo pero como pretendes que ayude, pues fácil, resulta que desde adentro se puede ver las palabras del conjuro que abren las puertas del laberinto cada que la puerta del laberinto va cambiar de lugar una luz amarilla invade el lugar del otro lado, lo que necesitamos es que pongas tus ojos en un cuervo y veas las palabras para poder abrir la puerta, nosotros pronunciamos el conjuro de este lado del muro y seguro se abre.

Ok dijo Yusca solo tengo que volar por arriba del muro y por qué no lo brincamos y ya está, resulta que en cuanto te brincas el muro ahí donde bajas inmediatamente se te cubre de rocas y te deja sepultado, ha caray dijo Joaquín ha de ser por eso que no podemos brincar el muro verdad, pero la Yusca si puede ayudarnos mientras permanezca volando no será necesario que aterrice en ningún lugar, está bien dijo la Yusca, esperen, en ese momento, levanto la mano y fue en justo en ese momento que una parvada de cuervos empezó a sobrevolar cerca de donde se encontraban, uno de ellos se acerco a donde estaba la Yusca, fue en ese momento que la Yusca se sacó los ojos y los coloco en el cuervo, lo tomo entre sus manos y le dijo vuela y llega al lugar donde está la puerta para poder entrar, hermano mío necesito de tu calma para poder ver las palabras que romperán el hechizo y nos mostraran la entrada al laberinto.

:iendo esto soltó al cuervo y lo lanzo al aire para que volara, el cuervo dio algunas eltas, mientras la Yusca sacaba su espejo para que pudieran ver reflejadas todas las ágenes que podría ver aquel cuervo que llevaba los ojos de inmediato se empezó a r lo que el cuervo veía, el animal volaba en círculos hasta que detecto una luz 1arilla y se lanzó hacia el lugar inmediatamente Daniela, Conek-metztli y Joaquín rrían hacia el lugar donde estaría la puerta cuando llegaron el Cadejo ya los esperaba pregunta era la siguiente " KEN MOTOKA" que significa "Cómo te llamas", nediatamente empezaron a pensar posibles respuestas a la pregunta para abrir la erta, que no se habían dado cuenta que alguien ya había notado algo raro, y ese rsonaje era el Nahual y ordeno a los durmientes que tuvieran cuidado, que »tegieran la entrada del laberinto, mientras eso sucedía el cuervo se acercaba donde la : se había encendido de forma estrepitosa, cuando llego pudo mirar en la pared del iro escrito con fuego las palabras en náhuatl, que decían " NE NOTOKA ɔMACHTIANIMEH " me llamo el aprendiz" mientras la Yusca y Daniela veían en libro aquellas letras, el Cadejo se preparaba para entrar, Pitisin y sus guerreros aban listos pero fue en ese momento que el cuervo volteo hacia la puerta y Daniela dio cuenta que en la entrada los esperaba un ejército de durmientes, entonces Pitsin, o los primeros en entrar serán Conek-metztli y Daniela, entran rápidamente y ando los durmientes se distraigan con ustedes entonces atacaremos a esos esqueletos plumados.

un buen plan dijo el Cadejo la Yusca y yo nos quedamos afuera para cuidar la aguardia, solo por un momento dijo Pitsin, pues una vez que derribemos a los rmientes tu nos llevaras por este laberinto hasta dar con el umbral del tiempo, está n asintió el Cadejo así lo haremos está bien dijo Daniela aceptando el plan, entonces ás listo Conek-metztli, listo y enmomento Daniela tomo el libro de la Yusca y al ercarse a la puerta esta exclamo casi gritando ¿Ken Motoka? Y entonces una luz azul ió de la puerta luego, luego Daniela contesto Ne Notoka Momachtianmeh, en ese imento la luz azul se intensifico y la puerta se abrió fue entonces que Daniela le ojo el libro a la Yusca y entro con súper velocidad al laberinto acompañada de nek-metztli, inmediatamente los durmientes voltearon a verlos y se dirigieron hacia os para atacarlos, pero fue en ese descuido cuando los valientes guerreros chaneques raron por la retaguardia al laberinto, y empezaron a atacar a los durmientes, pero inde fue su asombro al ver que a cada espadazo o golpe que asestaban a los ueletos, estos se desmoronaban en montones de huesos pero más tardaban en ribarlos, que ellos en reconstruirse, que hacemos, no se mueren dijo Joaquín, el otra

vez los destruimos con fuego dijo Conek-metztli, pero si prendemos fuego aquí adent
quien sabe que pase hay muchos gases desde hace muchos años, entonces las Yus
dijo yo sé lo que hay que hacer, y empezó hacer sonidos muy raros y en muy po
tiempo el lugar se llenó de pájaros ahora derríbenlos, en ese momento Conek-metztli
lanzo una de sus flechas a uno de ellos, y en ese preciso momento n que el durmiente
acababa de desmoronar, cada uno de los pájaros recogían los huesos y salían volan
hacia diferentes lugares llevando cada uno un hueso en las garras dispersándolos p
toda la ciudad de México, así cada durmiente que era derribado era tomado por l
pájaros que de inmediato tomaban sus huesos y se los llevaban a otros lugares despu
de un gran combate por fin los durmientes habían cedido y la entrada quedo libre, f
entonces que la Yusca llamo al pájaro que traía sus ojos y lo tomo para recuperar
vista pues mientras sus ojos estaban en el ave ella se encontraba vulnerable, acaricio
ave tomo sus ojos y los coloco,!auch¡ eso es asqueroso dijo Joaquín, y todavía nos h
visto nada dijo la Yusca, ahora sí dijo Daniela es hora de encontrar el umbral c
tiempo, en donde esta ese Cadejo murmuro Joaquín, Aquí chiquillo quejoso, veo que
mayoría de los que están aquí tienen poderes muy especiales, pero dime tu que poc
tienes, seguramente comer todo lo que puedas y estar de quejoso todo el tiempo, te v
a enseñar cadejo apestoso dijo Joaquín, y tomo una de las flechas que había en el pi
tranquilo Joaquín dijo Daniela solo está jugando, pues a mí no me lo pareció, ahc
Cadejo enfócate a ayudarnos como nos lo prometiste, hay algunas pequeñas reglas q
debemos cumplir dijo el cadejo primera y última vez que alguien quiere o inte
matarme, ok, también si alguien se vuelve malo, recuerden me tendré que llevar
alma, así que no vale llorar o pelear por eso, por ultimo aquí adentro todo cambia ca
minuto por lo tanto debemos estar muy atentos porque si algo aprendí en todo el tiem
que estuve viviendo aquí es que la mayoría de alimañas o cosas que aparezcan, var
querer asesinarnos, así que les recomiendo estar atentos llevar sus armas listas y seg
cada uno de mis pasos, está bien dijo Pitsin solo te recuerdo que estas ante los guerrer
más feroces de mi tribu, que bueno Pitsin porque te recuerdo que los durmientes son l
más inofensivos aquí adentro, pues está bien tomamos el consejo, dijo Conek-metz
que empezaba a impacientarse ahora vámonos es hora de salvar al mundo, claro que
dijo Daniela, es hora de la aventura, los gurreros de Pitsisn hicieron un gr
característico de los chaneques que ocupan en la guerra y entraron corriendo la Yusca
Joaquín fueron los últimos, debo confesar que Joaquín no estaba tan emocionado, pe
sin embargo era valiente, empuñaba una espada que le había dado Pitsin, pero se que
boquiabierto cuando vio una fila de huesos que empezaban a buscar a sus dueñ
DaDaniela mira los huesos se están arrastrando, entonces la Yusca dijo vamos

tenemos mucho tiempo antes de que estos durmientes logren estar de pie de nuevo, diciendo esto empezaron a caminar hacia donde el cadejo los llevaba, en ese momento Daniela caminaba junto a Pitsin y le pregunto ha estado en muchas batallas, claro que si mi niña y siempre hemos salido vencedores diciendo eso lanzo un espadazo al aire con tal fuerza que no se dio cuenta que justo en ese momento el suelo por donde iban caminando desapareció, y casi cae al vacío, cuidado mi valiente guerrero dijo Joaquín y lo tomo de la mochila que cargaba el jefe en la espalda, Pitsin se quedó volando con un pie al aire y viendo la profundidad de aquel hoyo, cuidado señores pisen exactamente donde yo piso porque si no el suelo se empezara a desmoronar, ante sus pies, está bien, está bien dijo Pitsin hagan lo que dice, así todos caminaban sigilosamente por los paso que iba dejando el Cadejo.

Caminaron durante horas en algunas partes el laberinto era demasiado obscuro y en otras se colaba la luz por diferentes lugares y dejaba a ver el claro de interior y cada una de las piedras con que se estaban construidas las paredes de aquel lugar pues estaban completamente talladas con lecturas de códices en náhuatl y en algunos casos llevaban cráneos incrustados, la Yusca que tenía sabiduría en cuanto al dialecto náhuatl leyó algunas de esas frases que hicieron que Joaquín empezara a temblar un poco de miedo, pues decía frases como estas, bienvenidos a los caminos entre la vida y la muerte, si quieres vivir regresa, pero si sigues adelante morirás un poco cada día. O la otra decía camina despacio porque si haces ruido despertaras a los durmientes y ellos tienen muy mal humor, pero la frase que más hizo que temblara Joaquín es una que decía, si tuviste el valor de cruzar la entrada tendrás el valor de morir en manos del Señor de los muertos Mictlantecuhtli, ya escuchaste eso Daniela dijo Joaquín, no te preocupes contesto Daniela siempre los lugares en donde se encuentra algo importante ponen letreros para alejar a la gente, eeeesssta bien dijo Joaquín dudando un poco, en eso se le acerco la Yusca y le dijo dentro de ti sabes que es una advertencia y posiblemente moriremos, en eso se acercó Pitsin y le dijo ya cállate vieja bruja solo nos estas asustando, tú también ya me insultas dijo la Yusca, aquí solo falta que el cadejo me insulte no, ya, ya dijo Daniela recuerden que debemos caminar y tratar de no llamar la atención hasta que encontremos el umbral, ok ok dijo la Yusca y hemos de estar cerca ya anduvimos mucho camino no, en eso se acercó el Cadejo y les dijo lo que me temía el umbral se encuentra pasando los canales del laberinto tendremos que mojarnos y no habrá otra forma de hacerlo dijo Joaquín, claro que si contesto Pitsin, llamo entonces a sus guerreros y de sus mochilas sacaron unos huevos extraño de color violeta con azul los pusieron en el piso ahora permítanme, estos botes improvisados fueron un regalo de mi amigo el chamán Don Hipólito, dejaron los tres huevos en el suelo y Pitsin saco de entre sus ropas una botella con un líquido de color rosa y vertió una gota en cada uno de los huevos, y se hizo para atrás inmediatamente de los huevos empezó a salir humo de colores y de repente se abrieron estrepitosamente de adentro de cada uno de los huevos salió una lancha inflada con aire de color violeta con azul que por alguna razón estaba iluminada por dentro como si trajera un foco, Joaquín aplaudió la excelente maniobra de Pitsin, eso es estar prevenido dijo ahora si podremos viajar sin mojarnos, así es dijo Daniela ahora no perdamos tiempo dijo Conek-metztli, llevemos los botes a los canales para empezar a movernos en aguas profundas lo más pronto posible y así todos ayudaron a mover los botes y ponerlos en el agua, mientras los detenían para que no se fueran flotando solos, se dividieron para subirse a los botes, en el primer bote iban el cadejo el jefe Pitsin y tres guerreros Chaneques, en el segundo bote iba Daniela Joaquín, y cuatro guerreros Chaneques y el tercero lleva de tripulantes a Conek-metztli, La Yusca y el resto de los chaneques, empezaron avanzar por los canales dentro, cuando Daniela empezó a taparse los oídos que le pasa mi señora le preguntaron los chaneques, no lo se escuchó un sonido muy extraño, algo que nunca había escuchado, a poco no lo escuchan ustedes, no dijo Joaquín nadie mi señora dijeron los chaneques, entonces Daniela les dijo pareciera que viene de adentro del agua, creo, creo saber que están diciendo, ups los que nos faltaba ahora hablas con los peces, no Joaquín no hablo con ellos, los escucho y que dicen clarito escucho que están diciendo ataquen, que dijo Joaquín ataquen a quien, fue en ese momento que se escuchó el grito del jefe, Pitsin Tisiguas, al momento se podía ver a una mujer con cuerpo de pescado volando por los aires y clavándole su arpón a Tlamatini el más viejo y sabio de los chaneques en el hombro, este se resistió, pero las Tisiguas empezaron a tirar del arpón, cada vez con más fuerza hasta que lo derribaron del bote, rescátenlo dijo la Yusca sino lo rescatan inmediatamente le traerán la maldición del Kojamtokyo (significa perder la razón) cuando cayó al agua inmediatamente Pitsin Tomo con los dientes el más afilado de sus cuchillos y se lanzó al agua, mientras eso sucedía las Tisiguas seguían lanzando arpones a los demás tripulantes de los botes, una Tisigua se elevó por encima del agua y lanzo su arpón a Daniela, sin embargo grande fue el asombro de Joaquín cuando vio como Daniela atrapaba el arpón con su propia mano con una velocidad increíble, y con ese mismo arpón clavo a las piedras del canal a la Tisigua que la había atacado, la Tisigua dio un grito espeluznante y después se convirtió en ceniza, otra Tisigua intento subir al último bote pero acostado en la otra esquina del bote se encontraba Conek-metztli con su arco preparado, cuando la Tisigua intento encaramarse al bote recibió en el pecho tremenda flecha que la hizo regresar a agua, y de la misma manera que la otra dio un grito desgarrador y se volvió ceniza, por lo tanto Pitsin seguía luchando para liberar a Tlamatini, tomo con todas su fuerzas el arpón y corto la cuerda que venía unida a él, luego tomo la cuerda y la jalo hacia él, en cuanto la Tisigua estuvo lo suficientemente cerca clavo su cuchillo en el vientre de la misma esta dio un grito y se hizo cenizas, las Tisiguas al ver que aquellos tripulantes eran guerreros feroces decidieron desertar y largarse para pelear en otra ocasión.

Fue entonces que Pitsin salió del agua con Tlamatini lo subió al bote y luego subió el entonces les grito si todos estaban bien y todos desde los demás botes exclamaron que sí, sin embargo dio un grito alzando su cuchillo Chaneques haaayyyy , uuuuuaaaa exclamaron todos los demás chaneques alzando sus cuchillos al aire.

Así continuaron con su camino cubriendo gran parte de los canales, lo que no esperaban que estos hubieran cambiado, así como lo hacen sus paredes de repente el canal empezó a avanzar más rápido, y más rápido Pitsin advertía que algo raro estaba pasando, les grito a todos los tripulantes que estuvieran alertas, en eso Conek-metztli lanzo una flecha con fuego en la punta, grande fue su asombro cuando vieron la cueva alumbrada por el fuego de la flecha, pues el gran canal se dirigía a una caída vertiginosa, Pitisin grito cascada, inmediatamente Daniela y Joaquín se agarraron todo lo fuerte que pudieron, mas sin embargo los botes no se detenían y flotaban a gran velocidad por el canal directos a una caída inminente el primer bote en caer fue el de Pitsin y pronto se vio envuelto entre agua y burbujas, después cayó el bote de Daniela y por último el de Conek-metztli, fue tal el estruendo y la fuerza de la caída que los botes quedaron inservibles, al llegar al fondo después de varias vueltas generadas por los remolinos de agua que se crean por la caída, Daniela que era una gran nadadora nado hacia la orilla, grande fue su asombro pues aquello ya no era el canal donde venían, parecía un gran lago y entonces salió Joaquín del agua, Daniela lo ayudo y poco a poco fueron saliendo todos nuestros héroes todos se quedaron con la boca abierta completamente anonadados, aquel lugar era hermoso el agua ya no era turbulenta, era cristalina y dentro de ella había peces que emanaban luz por tanto el lugar se veía como si tuviera luz propia.

Empezaron a caminar, Daniela se acercó al cadejo y le pregunto que donde estaban, sin embargo este movió la cabeza en señal de desaprobación, no lo sé Daniela nunca había entrado a este lugar créeme que en todo el tiempo que viví aquí nunca había aparecido, le lo dije exclamo Joaquín este cadejo no sirve para nada, solo estaba esperando el momento para extraviarnos y dejarnos a merced de los durmientes, caramba con el muchacho siempre listo para molestar no, ya dijo Daniela, hay que tratar de averiguar dónde estamos, en eso oyó una voz en su cabeza que le hablaba, Daniela tú no estás sola te hemos estado acompañando en todo tu viaje, somos Xóchitl y Don Hipólito, el lugar al que llegaste es un atajo para llegar a donde se encuentra el umbral del tiempo, abrimos un camino tridimensional para que llegaras más rápido, ya que hubieran tardado demasiado en llegar posiblemente ya sería muy tarde, ahora busca el umbral del tiempo y ciérralo.

Que te pasa dijo Joaquín te quedaste como ida, no lo que pasa es que Xóchitl me hablo, se metió en mi mente y me dijo que estamos en el manantial un lugar que es la antesala para llegar al umbral del tiempo, como, dijo el cadejo y cómo es posible que yo no conociera este lugar, es un pasaje tridimensional que usan los magos como don Hipólito para llegar y viajar distancias muy largas o atreves del tiempo, ha ok ahora entiendo por qué no lo conocía dijo el cadejo, bueno ya ahora que estamos aquí que sigue, dijo Pitsin tenemos que salir de aquí y encontrar la puerta del pasaje tridimensional, y cuáles dijo Pitsin, muy fácil, dijo la Yusca cuando no confíen en sus ojos aviven sus otros sentidos, entonces la Yusca cerro sus ojos y comenzó a caminar por el lugar de pronto cuando llego a la orilla de un barranco, se detuvo y dijo estoy segura que por aquí es, entonces abrió los ojos y empezó a caminar hacia atrás tomo carrera y se lanzó del barranco convertida en cuervo, grande fue su asombro al ver que desapareció en medio del aire, y ahora que nueva brujería es esa dijo Joaquín, ninguna brujería dijo Tlamatini, al parecer ahí está la puerta es un salto de fe, entonces yo lo hare dijo Daniela, no mi señora dijo Miztli, es de suma importancia que usted permanezca con vida, si alguien va a saltar y a sacarificar su vida seré yo, Miztli era conocido por ser el más valiente de los Chaneques y el más feroz a la hora de la batalla su así honor al significado de su nombre (puma).

Así que tomo su arco y sus flechas luego se encamino al lugar y se arrancó corriendo hacia el vacío y exclamo ¡Nos aguarda la muerte o nos espera la aventura que otra cosa podría pasar! Y diciendo esto se lanzó al vacío todos se quedaron asombrados al tiempo que desapareció ante sus ojos.

Mientras del otro lado del portal la Yusca esperaba en una piedra sentada mirando con aburrimiento, cuando vio pasar a Miztli dijo me lo imaginaba ninguno de esos gallinas se atrevió, no maléfica bruja, yo detuve a mi señora Daniela para evitar que cayera en alguna trampa, en esas estaban cuando del otro lado del portal Daniela tomaba de la mano a Joaquín y trataba de calmarlo, no tengas miedo, recuerda que somos de los enos que podría pasar, además soy una súper heroína que tal, está bien dijo Joaquín tonces tomaron un poco de vuelo y corrieron hacia el vacío, cuando llegaron del otro lo encontraron a la Yusca y a Miztli, que pasa dijo Daniela, pues encontró a Miztli n su espada desenvainada y la Yusca preparada para lanzar encantamientos, nada mi hora dijo Miztli, que esta bruja no tiene respeto por nada y le voy a enseñar unos antos modales, que debe de aprender, tú y cuantos más me van a enseñar, le dijo la usca, ya cálmense dijo Daniela esperemos a los demás, en eso miraron llegar a nek-metztli, Pitsin, El Cadejo y el resto de los chaneques estos últimos llegaron ndo y gritando, vaya tenemos que hacerlo otra vez, exclamaron los chaneques, ahora e sigue dijo la Yusca que fue la primera en llegar, pues ahora me siguen a mi dijo el dejo porque mágicamente llegamos al umbral del tiempo y debemos aprovechar para rarlo ok pues entonces caminemos así, siguieron todo al Cadejo, caminaron por un go rato, a la cabeza iban Conek-metztli y el jefe Pitsin luego Daniela y Joaquín, la usca y todos los demás chaneques, cuando llegaron al final de aquel camino, vieron a montaña enorme que en la parte de abajo tenía una enorme entrada con 2 puertas, hora dijo Daniela vayamos a la puerta y cerremos el umbral del tiempo, ok dijo sin, empezaron a caminar hacia la entrada y los demás iban siguiéndolos cuando de nto se escuchó un gran estruendo y fue cuando de la nada apareció flotando el íritu de don Hipólito, se acercó a Daniela y le dijo que se detuvieran, que las fuerzas mal estaban muy fortalecidas, que esperaran a que fuera un mejor momento para rar el umbral, Daniela movió la cabeza en señal de descontento y dijo no hemos gado hasta aquí, para no hacer nada y decidir que ahora nos vayamos sin inmutarnos, eso volvió a retumbar toda la tierra y en ese preciso momento las puertas del umbral abrieron, Conek-metztli se acercó a Daniela y le dijo que se escondieran, hasta no er que estaba pasando, así que Daniela y todos sus acompañantes, decidieron ugiarse y esperar un poco antes de acercarse al umbral, fue justo cuando se habían minado de esconder cuando del umbral empezaron a desfilar los ejércitos de rmientes de Mictlantecuhtli, además de todas las criaturas místicas malévolas que idieron a su llamado, eran miles y miles de soldados que se dirigían hacia la tierra en a guerra sin precedentes para conquistar todo a su paso y llevar a la tierra a un scuro reino por toda la eternidad.

e está pasando dijo Daniela, Pasa que llegamos muy tarde contesto Conek-metztli el rcito de Mictlantecuhtli ya fue liberado y ahora traerán la obscuridad a nuestro ndo, y ahora que podremos hacer dijo Joaquín mientras miles y miles de durmientes pasaban cerca de ellos haciendo sonar sus caracoles y tambores con sonidos estrepitosos llamando a la guerra.

Daniela tomo la mano de Conek-metztli y la apretaba fuertemente, tranquila Daniela ya veremos cómo detenemos esta invasión y salvamos a la tierra, no estas mirando tamaño de su ejército, no tenemos como combatir una fuerza, así de poderosa d Daniela, así es Daniela, contesto Pitsin pero sea cual sea el tamaño de nuestro ejérci nuestro deber es luchar y resistir para evitar que la tierra se vuelva a la oscuridad pa siempre.

Entonces lo mejor será que avisemos a Xóchitl y a don Hipólito dijo la Yusca, creo q lo mejor será que sea la Yusca quien les avise dijo Joaquín, ya que ella puede poner s ojos en los pájaros, si dijo la Yusca sin embargo no puedo comunicarme con otro tiene razón dijo Daniela la Yusca nos puede servir más, para que vigile el camino q tomaran los ejércitos de Mictlantecuhtli, eso me parece más prudente dijo la Yusca, a que sin decir más hizo un sonido de Halcón y de inmediato un Halcón que volaba cer de ahí, llego inmediatamente la Yusca tomo sus ojos y los coloco en el ave, entonces dio el espejo Daniela y le dijo aquí podrás ver, todo lo que vayamos mirando le dijo Yusca, Daniela tomo el espejo y se lo dio a Pitsin jefe de los Chaneques, y le dijo alguien sabe de batallas eres tú Pitsin, ahora lo más importante es que avisemos a l demás para que estén prevenidos, la única manera es que podamos viajar más rápi que ellos dijo Joaquín, creo que en eso poder ayudarlos dijo el cadejo conozco a cie animal místico que si le damos una buena razón nos ayudara, pues entonces llám dijo Daniela, el cadejo hizo un circulo con sabía que brotaba de los árbol inmediatamente empezó a pronunciar un conjuro, a la vez que prendía fuego al círc después de algunos intentos cada vez el cadejo subía el tono del conjuro y la tensión hacía más notoria hasta que de repente cayo un trueno en el lugar, y se escuchó relinchido de un caballo enorme que se escuchaba resoplar, embravecido pregu quién lo había invocado, fui yo dijo el cadejo, tu Cadejo tramposo, si fui yo pero no enojes, esta vez sí hay una razón de peso para que nos ayudes, que razón ni que nada hora de que de una vez por todas me pagues todas las veces que me has engañac Calma se oyó una voz en el fondo, mi nombre es Daniela y tengo una gran misión, la que nos puedes ayudar, Mictlantecuhtli acaba de atravesar el umbral del tiempo c todo su ejército y se dirige hacia la ciudad a liquidar a todas las personas, necesitam llegar antes para poder avisar y prevenir a los ejércitos para que puedan defender entonces el animal se calmó y le pregunto cómo dices que te llamas, Daniela, ok misma Daniela que viaja con Conek-metztli el hijo de la luna, si la misma, habe dicho antes será para mí un privilegio poder servir a la elegida, fue entonces que el cadejo se hizo visible de nuevo y les dijo a todos les presento a Sleipnir, el enorme caballo de 8 patas, el llegara antes que cualquiera a la ciudad, perfecto nos podrá llevar a todos, si pero lo mejor es que viaje ligero dijo el cadejo para que llegue lo más rápido posible, tiene razón el cadejo dijo Pitsin, lo mejor es que viaje ligero, pues entonces dijo Daniela nos iremos Joaquín, Conek-metztli y Yo, sin embargo Conek-metztli dijo sería mejor que fuera Pitsin con ustedes así podría ir organizando al ejercito de los chaneques, tienes razón dijo Daniela, pero fue entonces que Joaquín le dijo a Daniela creo que es mejor que te acompañe Pitsin Conek-metztli pues pueden ser de gran ayuda, y yo pues la verdad no creo poder ayudar mucho, no digas eso Joaquín dijo Daniela, tu eres tan valiente como el que más aquí, así que nos vas acompañar, Joaquín la tomo de la mano y le dijo Daniela, se lo mucho que me estimas y también se lo mucho que quieres que viaje contigo, pero estamos peleando con Mictlantecuhtli, hemos visto esqueletos levantarse de sus tumbas, nos sigue un Nahual, y además hay un enorme ejercito dirigiéndose a nuestro pueblo en estos momentos, así que esta vez yo me quedo viaja con Pitsin y Conek-metztli , ok dijo Daniela pero te espero a que llegues al pueblo o más bien los esperamos a la entrada del pueblo por favor viajen lo más rápido posible, claro que si dijo Joaquín, entonces bajo una especie de elevador de aquel enorme caballo inmediatamente se subió Daniela. Conek-metztli y Pitisin, al llegar a la silla de montar se aseguraron y entonces Sleipnir les dijo agárrense que este viaje será un poco fuera de lo común, diciendo esto se escuchó un relinchido como de ultratumba y en ese momento salió a todo galope la realidad es que corría a tal velocidad, que parecía que iba volando inmediatamente se levantó una gran polvadera y el caballo desapareció, los demás chaneques Joaquín, el cadejo, y la Yusca siguieron su camino, rumbo a la ciudad, los aguardaba una gran batalla y tenían que caminar lo más rápido que pudieran pues el ejercito de Mictlantecuhtli ya les llevaba algo de ventaja.

Mientras eso pasaba, por otro lado, Daniela trataba de llegar a la ciudad lo más rápido posible para alertar a las personas, para que trataran de refugiarse, que escondieran a niños y mujeres y los que pudieran pelear debían de defender hasta el último aliento a los hombres en la tierra, pues la obscuridad se acercaba y no había forma de detener al ejercito de Mictlantecuhtli.

El tiempo se le hacía eterno a Daniela, pues, aunque Sleipnir corría a una velocidad increíble para ella no era suficiente el tiempo, pues quedaba todavía mucho camino para llegar a la cuidad.

Pasaron rápidamente la ciudad, y luego los campos, al momento de cruzar los bosque encantados parecía que volaban los chaneques que habitaban el lugar solo podían ver una ráfaga de viento, sin embargo Pitsin metió freno y así nuestros veloces jinetes se detuvieron, pidió que lo bajaran en ese lugar el gran corcel se detuvo y Pitsin se colgó de la cabeza, Sleipner bajo el cuello hasta la tierra, y entonces Pitsin descendió por el cuello como si este fuera un gran tobogán, ahorita los alcanzo tengo que organizar a mi ejército, te dejo una espada muy especial, dijo Pitsin, que tiene de especial dijo Daniela, mata nahuales le grito Pitsin, entonces será mi mejor amiga le grito Daniela, claro mi niña ahora tengo que estar con mi ejército, perfecto dijo Daniela no olvides que te esperamos en Teotihuacán, no lo are Daniela, llegare a tiempo ya lo veras, entonces Daniela acerco un poco su cara a la cabeza de Sleipner y le dijo suavemente ahora llévanos pequeño, todavía falta completar el recorrido, el corcel relincho y alzo ambas patas delanteras, de sus fauces salía fuego y sus ocho patas arrancaron a toda velocidad esta vez Daniela y Conek-metztli tuvieron que sostenerse con mucha fuerza, pues Sleipner salió tan rápido como un relámpago.

Por otro lado, el señor de los muertos Mictlantecuhtli, sabía que Daniela se dirigía junto con Conek-Metztli, en el caballo y que se encontraban listos para reunir un ejército y así enfrentarlo, en la batalla de las pirámides, así que envío al Nahual y a la Anfisbena que es una serpiente gigante de 2 cabezas, así como un ejército de durmientes todos llevaban la consigna de Matar a Conek-metztli y detener y secuestrar a Daniela.

Mientras la Yusca, Joaquín y el Cadejo caminaban a paso veloz, atrás de ellos los guerrero chaneques los seguían, entonces Joaquín dijo a este paso no vamos alcanzar a llegar, ya vez nos tomó dos días llegar a la ciudad, pues lo único que podemos hacer es caminar los más rápido posible, a ver si logramos acortar el tiempo de llegada, dijo el Cadejo, en esas estaban cuando enfrente de ellos se levantó un furioso remolino de viento, luego se tornó en calma y empezaron a caer flores del cielo, en ese momento las flores fueron tomando la forma de una mujer, después de unos momento, enfrente de ellos se encontraba Xóchitl.

Hola como están dijo, y de inmediato Joaquín corrió a abrazarla, y esta quien es, dijo la Yusca, pues es Xóchitl, aja Tenemos con nosotros a la diosa de la naturaleza dijo la Yusca, El cadejo se puso tan blanco que resplandecía, y empezó a restregarse en el regazo de Xóchitl, y miren al perrito faldero, se deshace en cariños con la tal Xóchitl le decía la Yusca a Joaquín, mientras acariciaba al cadejo, Xóchitl les pregunto, dónde se encuentra Daniela, Joaquín le contesto se fue con Ptisin y Conek-metztli en el

Sleipner, hacia donde se dirigen, van a Teotihuacan, pues Mictlantecuhtli se dirige hacía allá con un enorme ejército, Mictlantecuhtli ya sabe que va para allá, y mando algunos de sus aliados a detenerla, y ahora que podemos hacer dijo Joaquín, como podremos ayudarla, nosotros venimos a pie desde la ciudad y vamos retrasados, ya no mas dijo Xóchitl, en ese momento Xóchitl convoco la fuerza de los Binkizaka un ejército de híbridos mitad hombre y mitad águila, que llegaron volando al lugar, Xóchitl le pidió al jefe de los Binkizaka que los llevara a Teotihuacán, y tú que vas hacer, volare en busca de Daniela pude estar en peligro, yo quiero ir contigo dijo Joaquín, no pondríamos también tu vida en peligro y además ustedes tienen una tarea más grande tienen que juntar un ejército que logre contener el poder de Mictlantecuhtli, así los Binkazka se llevaron a Joaquín a la Yusca y al Cadejo, mientras Xóchitl se volvió nuevamente una tormenta de viento y desapareció del lugar.

Mientras que en las planicies, de los campos sin sembrar, se podía ver a Sleipner que cabalgaba a toda velocidad, pero a lo lejos Daniela escucho un sonido característico, era el mismo sonido que escucho aquella primera vez en las pozas cuando fue atacada, inmediatamente le dijo a Conek-metztli escuchaste, si contesto Conek-metztli es el Nahual, crees que este cerca, no lo sé dijo Conek-Metztli pero por si las dudas voy a preparar mi arco, entonces Conek-metztli tomo su arco y puso una flecha y se preparó. Él sabía que si el Nahual estaba cerca seguro intentaría secuestrar a Daniela, y él sabía que Daniela no podía caer en manos del Nahual, pues ella era la pieza clave para completar el ritual para llenar de obscuridad la vida en la tierra, así que se preparó, por su parte Daniela trataba de canalizar toda su ira para poder explotar y así sacar todos sus poderes que ha decir verdad no podía controlar, de repente Conek-metztli vio un buitre que paso volando cerca de ellos, al mirarlo de reojo observo que aquel animal tenía los ojos rojos y dijo es el Nahual, y diciendo esto lanzo una de sus flechas que inmediatamente se incrusto en el cuerpo del buitre, este cayó al piso pero antes de que tocara la tierra se convirtió en un Lobo gigante que empezó a tratar de morder las patas del Sleipner, sin embargo por la velocidad a la que corría, difícilmente el Nahual podría lograr morderlo, pero si estaba asustando al corcel de Daniel y de repente lo desviaba del rumbo que debía tomar, Daniela se preparaba para salir corriendo a toda velocidad si algo pasaba, cuando vio que Conek-metztli tomaba uno de sus cuchillos con la boca y se lanzaba arriba del lomo del Nahual, cuando Conek-metztli cayó encima del Nahual este se detuvo un poco y trato de morderlo y bajarlo de su lomo, sin embargo Conek-metztli iba bien agarrado del pelaje del lobo, y entonces le clavo por primera vez su cuchillo en las costillas, el Nahual aullo del dolor, no acababa de aullar cuando Conek-metztli volvía a hundir su cuchillo en la piel del animal, el Nahual comprendió que no podía ganar la batalla en esas circunstancias y entonces se detuvo, y fue en ese momento en que se convirtió en una pequeña libélula, entonces Conek-metztli cayó al suelo sin oportunidad pues el Nahual nuevamente se convirtió en lobo y ahora enfrentaba a Conek-metztli, ahora si hijo de la luna vamos a ver quién es más poderoso, dijo el Nahual, pues no te tengo miedo dijo Conek-metztli, entonces empuño su cuchillo en señal de amenaza.

Mientras Daniela seguía su loca carrera hacía Teotihuacán, y se encontraba tan entretenida con la pelea de Conek-metztli, que no se dio cuenta que del otro lado una enorme serpiente de dos cabezas la seguía a máxima velocidad, cuando de repente sin que Daniela se diera cuenta, la serpiente trato de morder en el cuello a Sleipner, este la esquivo la primera vez, cuando la serpiente intentaba asestar una segunda mordida, Daniela había tomado el arco de Conek-metztli y entonces puso una flecha y le apunto justo en el ojo, cuando la serpiente se lanzó sobre Sleipner, Daniela le lanzo una flecha en el ojo a una de las cabezas, de la serpiente esta se revolcó del dolor por un momento.

Mientras que en otro lado Conek-metztli, se encontraba frente a frente con el Nahual, este empezó a caminar en círculos, mientras Conek-metztli lo seguía con los ojos y se iba girando a donde estaba el lobo, fue entonces que el Nahual se dispuso atacar y se lanzó hacia Conek-metztli, pero este con un movimiento de su brazo lanzo tremenda cuchillada, que el Nahual apenas pudo esquivar y caer al lado del hijo de la luna, con que eres rápido, dijo el Nahual, no te imaginas cuanto, contesto Conek-metztli, pues veremos qué tan rápido eres para pelear conmigo y además con mis amigos, diciendo esto al otro lado donde se encontraba Conek-metztli, apareció el ejercito de durmientes que venían acompañando al Nahual, ahora la batalla se complicaba, para Conek-metztli no había una oportunidad eran muchos durmientes y aparte estaba el nahual , se encontraba acorralado pero él sabía que no podía retroceder, pues sabía que si él no los detenía, estos lanzarían su ataque sobre Daniela

Por otro lado Daniela y Sleipner seguían corriendo esquivando toda clase de ataques que venían de aquella enorme serpiente, Daniela seguía lanzando flechas pero era claro que nada detendría aquel enorme animal, así que le dijo a Sleipner que corriera lo más rápido que pudiera, el caballo levanto tal polvadera al arrancar a máximo galope, sin embargo aquella enorme serpiente al darse cuenta que no podría alcanzarlos empezó a pronunciar un raro hechizo y aquella serpiente que se arrastraba por el suelo ahora le empezaban a crecer las patas y luego alas, así que en menos de lo que se esperaba

pezó a correr y luego a volar, Daniela pensaba que ya se había librado de aquel
nstro, cuando de atrás de unos árboles enormes apareció la cabeza de aquella terrible
piente y alcanzo el cuello de Sleipner este detuvo su veloz carrera, se levantó en dos
as y lanzo un relinchido de dolor, y este movimiento casi tira a Daniela al suelo,
entras la serpiente se enrollaba en Sleipner, Daniela tomo la Espada que le había
ado Pitsin y se acercó lentamente al cuello de Sleipner, cuando la serpiente
paraba su ataque con su segunda cabeza, Daniela Lanzo un espadazo al cuello donde
cían ambas cabezas, fue un momento extraño al ver como aquella espada cortaba
anando luz, y a pesar de ser una espada pequeña, esta logro cortar completamente el
ello de la serpiente, que cayó al piso, pero casi inmediatamente Sleipner se
svaneció y poco a poco fue cayendo, Daniela se afianzo al cabello de Sleipner para
caer, cuando su cabeza del enorme caballo toco el piso, Daniela se acercó a la cara
Sleipner, este la miraba con el rabillo del ojo, resiste le dijo Daniela, pero Sleipner
piraba con dificultad, entonces le dijo mi señora, no podre llevarla a su destino hasta
uí llego mi camino, no digas eso te vas a reponer créeme, mi señora Daniela, usted es
luz, ruego por que al llegar el momento, haga lo que tiene que hacer y tome una
ena decisión para salvar a la humanidad, como dices pregunto Daniela esta es la
gunda vez que me dicen eso, que acaso saben algo que yo no, si las profecías del
aman son ciertas, entonces nos llenaras de luz y nos salvaras, diciendo esto Sleipner
argo su cabeza en una roca cerro los ojos y murió.

mientras tanto Conek-metztli, preparaba su ataque contra el Nahual solo que este al
ar las polvadera que se levantó con la muerte de Sleipner, inmediatamente dejo de
frentar a Conek-metztli sabía que Daniela estaría indefensa y que además tendría que
minar hasta Teotihuacán, así que les dejo a Conek-metztli a los durmientes y se lanzó
busca de Daniela, Conek-metztli intento seguir al Nahual pero los durmientes le
raron el paso y lo comenzaron atacar, Conek-metztli saco su espada y comenzó a
ear derribando cada uno de esos esqueletos que lo atacaban, pero pronto entro en
sesperación pues sabía que el Nahual corría tras de Daniela y que no podría estar ahí
a defenderla.

entras tanto Daniela se encontraba sentada abrazando a Sleipner y lloraba su muerte,
las van a pagar esos seguidores de Mictlantecuhtli, solo atraen muerte y
strucción, Daniela ya no pudo hacer nada y tuvo que resignarse y salir de ahí
minando, de repente escucho aullar a lo lejos al Nahual y justo cuando pensaba usar
poderes para correr a toda velocidad encima de su cabeza paso un pájaro de fuego y
tió cenizas encima de ella mientras decía algún tipo de hechizo, era Tlecuauhtli que

en esos momentos estaba neutralizando los poderes de Daniela, cuando ella empezó correr y se dio cuenta que aquello parecía que ya lo había vivido, recordó muy cla aquel lugar y supo entonces lo que pasaría ahí frente a ella vería morir a Conek-metz y después en carne propia viviría su propia muerte, eso era un deja vu que esta volviendo a vivir, pronto se vio corriendo en aquella parte del bosque con las fauces c Nahual resoplando tras de ella, inmediatamente vio pasar por encima de su cabeza Tlecuauhtli, Daniela pensó que era su fin y entonces empezaba a pensar un poco cómo podría salvar al mundo si no iba a poder vivir para ayudar, fue en ese preci momento que al estar mirando hacia arriba y ver volar a Tlecuauhtli los vient cambiaron vertiginosamente y de la nada salió un trueno que cayo directo Tlecuauhtli, mientras una gran tempestad se llevaba el pájaro de fuego, en es momentos Daniela se detuvo junto a un árbol, y el Nahual le dijo a estas horas tu nov el hijo de la luna ya debe de estar muerto, y tu mi querida niña no tienes el poder pa enfrentarme, cuando el Nahual dijo eso estaba dispuesto a atacar, pero en ese preci momento en medio de aquella tempestad entra las hojas y ramas que volaban aparec Xóchitl, pero ahora no traía aquel traje típico, como la conocía Daniela ahora ver vestida como diosa guerrera Azteca, en esos momento el Nahual, exclamo con un po de miedo en su voz, la dios Xóchitl está aquí cuando dijo eso, ese pequeño lobo que e el nahual comenzó a convertirse en un animal mixtico conocido por su gran tamaño e una especie de hibrido mitad Pez mitad caimán con una fuerza descomunal, este e conocido como Cipactli, inmediatamente ataco a Xóchitl que se defendió con un ra de luz, pero grande fue su asombro al ver que los rayos revotaban en aquel animal, ver eso Daniela que ya tenía sus poderes nuevamente, tomo de los arboles lianas sobrantes de corteza y empezó a tejer una gran cuerda, mientras tanto Xóchitl segu peleando con todo su poder, el Nahual cada vez estaba más cerca de Xóchitl y con gr maestría esquivaba los ataques de Xóchitl, sin embargo Daniela ya había terminado cuerda y comenzó a correr en círculos alrededor del Nahual, y lo hizo tan rápido q por más que el animal se esforzaba por atraparla o morderla, sus movimientos er inútiles, finalmente cuando pudo atar las patas traseras del animal, Xóchitl levanto c la fuerza de los vientos un tornado tan poderoso que tomo al Nahual y lo lanzo m lejos del lugar, este quedo moribundo y maltrecho pero vivo.

Por otro lado Conek-metztli se encontraba cansado y ya muy débil de es combatiendo el solo al ejército de durmientes, cuando de entre los durmientes aparec un guerrero que se veía bastante más sanguinario, era conocido como Huehuecoy que significa coyote viejo y era el nombre de un dios bromista, este guerrero lleva una maza de arma, esta era una cachiporra de madera del tamaño de una espada y en las orillas tenía incrustaciones y dientes de obsidiana muy filosos. Podía cortar a un hombre por la mitad de un solo golpe, justo cuando llego este guerrero Conek-metztli, ya no podía más, Huehuecoyotl lanzo el primer espadazo sobre Conek-metztli que apenas pudo esquivar aquel ataque, sin embargo descuido la retaguardia y uno de los durmientes lo golpeo, dejándolo casi inconsciente y tirado a merced de Huehuecoyotl, este dio unos pasos hacia adelante empuñando su arma levanto el brazo y justo cuando iba a dar el golpe mortal a Conek-metztli, se escuchó el sonido de una águila en su cabeza, era el ejercito de los Binkizaka y venían acompañados del chaman Don Hipólito, que de inmediatamente lanzo un hechizo y le arranco de las manos a Huehuecoyotl el arma inmediatamente descendieron y se prepararon para la batalla contra el ejército de durmientes, así estos híbridos mitad hombre mitad águila empuñaron sus espadas y se pusieron de frente al ejército de Huehuecoyotl, y dando el grito de guerra inmediatamente empezó la batalla, por tanto Don Hipólito tomo a Conek-metztli y lo cargo sobre su hombro inmediatamente lanzo un conjuro y del pasto que estaba en el lugar se arrancó una alfombra verde bastante generosa, que sirvió para llevarse volando a Don Hipólito y Conek-metztli, ellos sabían que tenían que llegar con Daniela y rescatarla pues el Nahual se había ido a perseguirla y temían por su vida, mientras tanto los Binkizaka daban cuenta del ejercito de durmientes los tomaban con sus garras y se elevaban por los aires dejándolos caer desde las alturas en diferentes lugares, así cada vez les costaba más trabajo, volverse a regenerar, sin embargo después de varias horas de batalla los Binkizaka vencieron, pero Huehuecoyotl logró escapar junto con dos durmientes más, mientras corría veía a su ejército diluido y vencido, dio un grito de frustración y juro que se vengaría.

Por tanto Daniela y Xóchitl se encontraban exhaustas descansando recargadas en un árbol, la batalla las había dejado agotadas y todavía tenían que viajar a Teotihuacán a enfrentar al ejército de Mictlantecuhtli, como te sientes le dijo Xóchitl a Daniela, estoy como esos esqueletos, como dijo Xóchitl en los huesos, no dijo Daniela Muerta jajajaja, las dos se rieron a carcajadas parecía que aquella broma liberaba un poco todo aquel estrés y tensión que les había provocado la batalla, después que dejaron de reír, Daniela le dijo a Xóchitl, ya es hora, así es dijo Xóchitl se levantaron un poco a regaña dientes y empezaron a caminar, cuando de repente a lo lejos pudieron ver a Don Hipólito y Conek-metztli que venían volando en una alfombra voladora echa de pasto, inmediatamente alzaron las manos en señal de aviso, fue entonces que Don Hipólito pronuncio algunas palabras en náhuatl que significan descender, y en ese momento la alfombra verde aterrizo como si fuera una nube de algodón, cuando al fin descendieron Don Hipólito bajo cargando a Conek-metztli, inmediatamente Daniela corrió a verlo y le pregunto a Don Hipólito que le había pasado, Don Hipólito le dijo a Daniela que solo había recibido un buen golpe con un garrote de guerra pero se encontraba bien un poco lastimado, pero lo que realmente tenía es que estaba exhausto pues había estado enfrentando el solo a un gran ejercito de durmientes, Daniela se acercó a Conek-metztli, se sentó junto a él y luego lo abrazo, coloco su cabeza en su regazo y empezó a acariciarle las mejillas, pues mientras lo acariciaba le hablaba casi susurrándole al oído despierta dormilón tenemos que irnos, pero Conek-metztli no despertaba, entonces Daniela se acordó de aquel aceite que huele a flores que usa Conek-metztli, se puso entonces a buscar el aceite hasta que lo encontró en su mochila, luego vertió un poco de aceite en sus manos y lo unto en las mejillas y la frente de Conek-metztli, bastaron apenas unos segundos para que el hijo de la luna empezara a reaccionar primero parecía que acababa de despertar, sin embargo en cuanto recobro la conciencia inmediatamente, empezó a gritar Daniela tenemos que salvarla, Daniela volvió a gritar en esos momentos Daniela le contuvo las manos y le dijo tranquilo mi niño ya estoy aquí a salvo, en esos momentos se le empezaba aclarar la vista a Conek-metztl inmediatamente se restregó los ojos y se le quedo mirando a Daniela, la abrazo fuertemente y le dijo estas viva, estas viva, Daniela empezó a decirle claro que si tonto que esperabas a poco crees que no puedo defenderme sola, ejem, ejem tosió Xóchitl atrás de ella aclarando la voz, bueno claro que necesite un poco de ayuda y sele quedo mirando a Xóchitl con complicidad, pero a pesar de que no estuviste cerca aquí estoy vivita y coleando, jaja coleando rio Conek-metztli, pero díganme que paso lo último que recuerdo es ver al Nahual que salía corriendo en tu búsqueda y a un gran ejercito de durmientes que me atacaba.

Pasa mi bello durmiente dijo Xóchitl, que gracias al sueño que tuvo Daniela en días anteriores, Don Hipólito pudo interpretar cuando y donde se llevaría el ataque así que nos dividimos el trabajo, él fue en tu búsqueda y por lo que me dice apenas y alcanzo a llegar a tiempo, pues justo Huehuecoyotl estaba a punto de darte su golpe mortal cuando el llego, Conek-metztli voltio a mirar a Don Hipólito y le dijo gracias, no hay de qué hijo de la luna, recuerda que somos un equipo, así es dijo Daniela, porque si no llega Xóchitl a tiempo a mí también me hubiera pasado lo que en mis sueños, por eso le voy a estar por siempre agradecida, dijo Daniela, no Daniela dijo Xóchitl no hice más que mi trabajo hace muchas lunas que jure que protegería a la elegida con mi vida, tu mi niña eres la única capaz de terminar con la obscuridad en el mundo, espera eso me o vienen diciendo todos desde hace algún tiempo, y la verdad no sé si yo sea esa persona, claro que lo eres dijo Don Hipólito, de acuerdo a la profecías tu eres la indicada Daniela, un día me vas a platicar cuáles son esas profecías dijo Daniela pues ahorita ya oscureció tendremos que esperar a mañana para continuar dijo Don Hipólito, la verdad no me gustaría dijo Daniela el Ejercito de Mictlantecuhtli es un ejército que no duerme, así es dijo Xóchitl pero sino descansamos no creo que estemos repuestos al cien por ciento para poder combatir, además con estas peleas, los vuelos y las carreras en las que participamos hoy avanzamos bastante, eso sí dijo Daniela además a mí me gustaría saber cuáles son esas Profecías, entonces aquí acamparemos dijo Xóchitl inmediatamente con troncos secos y hojas levanto una cabaña, Don Hipólito hizo un circulo con piedras y en medio coloco algunas ramas luego, puso algunas hojas secas, entonces Daniela le dijo y ahora como la va encender le lanzara un rayo con su báculo de energía, jajaja rio Don Hipólito no tengo un enorme descubrimiento que hizo el hombre hace ya algunos años, a caray es algo mágico o algún encantamiento dijo Daniela, no comento Don Hipólito son cerillos y empezó a reír jajaja, Daniela giro la cabeza para ver a Conek-metztli y ambos chicos soltaron la carcajada, mientras Xóchitl los veía y reía divertida pues se sentía tranquila de ver a todos alegres y vivos, pero sobre todo dispuestos para seguir con esta aventura, de una de las mochilas que traía Don Hipólito saco una pequeña vasija cubierta de mimbre, la puso en el suelo y dijo su encantamiento, en unos segundos esa pequeña vasija era enorme y dentro se encontraban varias viandas para poder comer, había pan vino carne de cerdo, uvas y queso, hora de cenar chicos dijo Don Hipólito, adoro a este hombre Dijo Daniela, y de inmediato tomo un plato y empezó a servirse de todo, ya que tenía su plato lleno se acomodó cerca del fuego, y le dijo a Don Hipólito ahora si cuénteme de esas profecías.

Capítulo 3

(LIBRO 3)

CONEK-METZTLI

CONEK-METZTLI Y LAS PROFECIAS DEL CHAMAN

Primera profecía:

De un dios, y De quien matare al que es considerado el más grande guerrero en las batallas, nacerá la descendencia de quien será el protector del elegido.

La tierra se ilumino por las explosiones y exhalaciones que lanzaba Don Goyo, si era el volcán Popocatépetl que esa noche no quería dormir, entre la penumbra de la noche y las iluminaciones que se levantaban con cada explosión se podía ver aun la sombra de un gran guerrero que juraba con el corazón en la mano de uno de sus más odiados enemigos, el guerrero juro vengarse del daño recibido, así aquel enemigo y todos sus descendientes sufrirían diez tormentos mortales antes de llegar a su muerte, al lado de el un hombre fuerte con voz de trueno le aconsejaba, mi señor Chimalcoatl, no es bueno llenarse de tanto rencor y odio, la batalla ya termino que necesidad tenemos de atacar a la familia de aquel que fue tu gran enemigo, no deben pagar por el daño que hicieron, en una de las batallas que tuvieron con los tlaxcaltecas, la familia de imalcoatl había sido atrapada y muerta en sacrificio, el nombre de aquel guerrero Tlahuicole que significa el de la divisa de barro, Tlahuicole era un héroe otomí que rió con los tlaxcaltecas y era considerado como un dios, en la guerra era realmente un rdadero gladiador, y las batallas donde se enfrentaban Chimalcotal contra Tlahuicole o eran comparadas como aquellas batallas de, Aquiles y Héctor de la mitología ega, la cantidad de proezas que ambos guerreros mostraban en la batalla eran dignas un libro.

una de las batallas Tlahuicole cayo vencido con todo su ejército, los sobrevivientes :ron tomados como esclavos, y fueron llevados ante Moctezuma quien en su »mento no lo mato sino le ofreció que liderara uno de sus ejércitos, sin embargo ihuicole se negó, entonces Moctezuma mando a matarle, pero Tlahuicole, le pidió e no lo sacrificara, como a los demás que lo dejara morir con honor, que lo dejara »rir como los valientes, así que en una de las fiestas y festejos de Moctezuma, se hizo ritual de despedida para Tlahuicole y entonces se ató al hombre a una roca y para e enfrentara a un ejército compuesto de caballeros águila y caballeros tigre, ihuicole peleo como fiera contra aquellos guerreros , dicen que era tal su ferocidad e todavía amarrado, logro matar a ocho hombres, sin embargo entre todos los erreros había uno que no lo atacaba solo miraba sus movimientos y sus técnicas de ha, después de un rato se decidió atacar, y fue entonces que después de una buena lea de ambos guerreros, aquel caballero águila logro golpear con su maza a ihuicole y este cayo moribundo, un segundo golpe en la cabeza con aquella arma, o que la cabeza de Tlahuicole rodara por la tierra y cayera justo en los pies de aquel errero águila.

eso interrumpió Daniela, ok ya me contaste la historia de Tlahuicole, pero que tuvo e ver con las profecías, hay mi dulce niña esta es la primera profecía, que dicto etzalcóatl, en la pirámide del sol en el primer equinoccio, el hombre que era isiderado un dios en las batallas era Tlahuicole, ok dijo Daniela, pero y quien fue el e lo mato, si me dejaras terminar el relato lo entenderías, ok continua dijo Daniela.

a vez que aquel guerrero águila mato Tlahuicole se quitó el disfraz de guerrero uila, y grande fue el asombro de Moctezuma así como el de todos los tlatoanis ındo vieron que aquel caballero águila era Chimalcoatl en persona, él había sido en le dio muerte a Tlahuicole, haaa ahora entiendo dijo Daniela Chimalcotal es el »a de Conek-metztli y su mama es la Luna, así que eso lo convierte en el protector de… se quedó pensando Daniela, de mí, así es dijo Don Hipólito de ti mi niña, y has donde sé, el juro protegerte con su propia vida no es así le pregunto a Conek-metz, este asintió con la cabeza en señal de aprobación.

Segunda profecía:

La diosa naturaleza extenderá sus manos y cubrirá con su manto de protección la elegida, la cuidara, la alimentará y acompañara hasta llegar a su morada don alcanzara su poder infinito.

La noche caía en lo más espeso del bosque y se podía ver a una, mujer que cor abrazando a una niña y detrás de ella, 5 hombres vestidos con ropa de monje de co negro la perseguían, la mujer cruzo un pastizal y se internó en el bosque cruzo el lug hasta que se topó con una montaña de piedras árboles y lodo, perecía que días an había caído una tormenta en el esa parte del bosque y todo estaba completamer inundado, la mujer cruzo como pudo al otro lado, hasta que llego a un río ahí descan por un rato pues ya no veía aquellos hombres, saco de entre sus ropas una mamila empezó alimentar a su bebe, luego mojo una de las orillas de su rebozo y se empezo limpiar la cara, los brazos y las piernas pues después de haber cruzado el bosque que completamente salpicada de lodo, cuando más calmada estaba, vio unos ojos q brillaban atrás de unos arbustos, se levantó inmediatamente y se recargo en un árb que se veía enorme, en medio del bosque, de entre los arbustos salió un lobo mexicar la miro con recelo y después gruño y le pelo los dientes, inmediatamente empezó maullar y a llamar a los demás lobos, enseguida llegaron 5 o 6 lobos de la mana listos y dispuestos a devorar a la mujer y su bebe, cuando de repente de atrás de la roc aparecieron los hombres que la perseguían, de entre sus ropas sacaron algunos cuchillos prehispánicos de obsidiana, y le dijeron a la mujer que entregara al bebe, ella se negó, y entonces uno de los hombres intento clavar su cuchillo en él bebe pero la mujer protegió al bebe con su cuerpo y el cuchillo se clavó en su espalda, la mujer grito de dolor, sin embargo no soltó a su bebe, entonces los demás hombres se acercaron sin percatarse que la jauría de lobos también se preparaba a atacar, la mujer solo pudo abrazar a su bebe y cerró los ojos en señal de que ya ha había perdido toda esperanza de salvarse, sin embargo al momento que los hombres atacaron, grande fue su sorpresa, al ver que los lobos no la atacaban a ella sino que la defendían, y que su ataque era dirigido aquellos hombres, la mujer abrazo con fuerza a su bebe y salió corriendo, mientras aquellos hombres con sus cuchillos filosos empezaron a mermar la manada de lobos y cuando solo quedaba el lobo líder y la hembra en pie, sucedió un extraordinario milagro, aquel árbol enorme que se encontraba en el bosque empezó a levantar sus raíces, inmediatamente movió sus ramas como si fuera un gigante guerrero y empezó a golpear a aquellos hombres que salían volando por los aires con los huesos rotos, cuando termino con ellos, llamo por su nombre a la mujer, su nombre de aquella mujer que mal herida aun llevaba en los brazos a su bebe, la tomo entre sus ramas, la abrazo e inmediatamente, y mientras cargaba aquella mujer con sus hojas emitía un sonido como música que arrullaba a la niña.

El árbol caminaba a muy grandes pasos y muy pronto se adentró lo suficiente sobre aquel bosque encantado, las luciérnagas alumbraban y volaban a la par mientras le seguían el paso de aquel coloso, sobre los caminos obscuros del lugar, cuando hubo caminado lo suficiente el árbol se detuvo cerca de una cueva, ahí tomo cuidadosamente al bebe y lo recostó sobre una cama echa de hojas y ramas, mientras que la madre, ya agonizante le pedía por la vida de su hija y no permitiera que su hija muriera, en ese momento de la mismísima tierra apareció una mujer que se fue creando con flores y ramas del lugar, hasta estar convertida en mujer, su nombre era Xóchitl, aquella mujer tomo entre sus manos aquella bebe y en seguida le miro la espalda, para poder ver la marca del el elegido se percató de que así era y entonces empezó a interpretar un canto, único de los dioses, inmediatamente empezaron a llegar a la cueva, diferentes animales que poco a poco se iban acercando la entrada y parecía que obedecían al llamado de Xóchitl, de entre aquello animales llego una cabra que estaba amantando a sus cabritos, inmediatamente se recostó cerca de aquella niña, Xóchitl coloco a la niña cerca de una de las tetillas de aquella cabra, y fue en ese momento que la niña se fue haciendo espacio entre aquellos cabritos, hasta lograr tener un buen lugar, una vez que tuvo en la boca aquella tetilla empezó a succionar, ávidamente y saciar su hambre, por otro lado su madre agonizante tomaba la mano de Xóchitl mientras le pedía que la cuidara, Xóchitl le prometió que nada le pasaría que ella se encargaría de buscarle una familia para que fuera feliz y creciera sana y salva, la mujer apretó la mano de Xóchitl y le dijo su nombre es Daniela y entonces expiro, la diosa dejo que la niña se alimentara mientras, salía a buscar un hogar para aquella pequeña bebe, dejo a una manda de lobos cuidando y algunos otro animales en la entrada de la cueva, fue a diferentes hogares a estudiar a las familias y se dio cuenta que por alguna u otra razón siempre encontraba algo que no le parecía, por eso decidió dejarla en la iglesia, Xóchitl sabía que de todas maneras la iglesia la protegería de cualquier encantamiento o s alguien decidiera atacarla, así que escribió una nota entre sus ropas y le hizo una canasta con mimbre la arropo y la dejo a la puerta de la iglesia.

Ahora todos conocemos quien esa niña y también conocemos quien fue la encargada de cuiadarla y llevarla a la iglesia, inmediatamente Daniela no se contuvo y le pregunto a Xóchitl, dime una cosa cual era el nombre de esa mujer que murió por tratar de salvarme la vida, Xóchitl se quedo un rato callada y luego le dijo con voz muy suave Esperanza, ella se llamaba Esperanza, ese era el nombre de tu madre Daniela.

Tercera profecía:

De la profundidad de la deidad tierra, nacerá un sol, que tendrá la llave que controla la vida y la muerte, el tiempo, la lluvia y el fuego, la paz o la guerra, La verdad se reflejará en sus manos de la elegida cuando sostenga ese poder.

En una época en que el mundo estaba en tinieblas, los dioses se reunieron en Teotihuacan y empezaron a elegir quien iluminaria a la tierra quien tendría ese poder y la gran responsabilidad de darle vida al planeta, Fue entonces que la rica y presuntuosa Teccizecatl se ofreció para la tarea, Pero era necesario que hubiera alguien más, otro candidato para que la competencia fuera justa, entonces algunos de los dioses Mas promistas se les ocurrió elegir a Nanahuatzin, que era un dios enfermo, la verdad es que su elección fue mas para burlarse de él.

Los dioses encendieron un gran fuego tenían un horno divino en cual se elegiría al dios encargado de iluminar la tierra. Cada uno de los contendientes se retiró a una pirámide durante cuatro días se estarían preparando para tan importante empresa.

Al llegar al cuarto día cada uno de los candidatos llevaría una ofrenda, la ofrenda de Teccizecatl eran maravillosas, pues mostraban falsas flores con espinas de color coral, mientras que las ofrendas de Nanahuatzin, eran horribles al grado de dar risa, pero estas mostraban espinas reales bañadas en su propia sangre.

Los dioses se pusieron en dos filas, y formaron el camino directo aquel horno divino, así cada candidato debía correr directo al horno y lanzarse a las llamas, la primera como era de esperarse fue Teccizecatl la cual lo intento cuatro veces sin poder lanzarse al fuego, luego fue su turno de Nanahuatzin, y grande fue el asombro de los dioses al ver como aquel dios enfermos del que pretendían burlarse, era más valiente y lanzaba en el primer intento al horno divino para que lo abrazaran las brasas, Teccizecatl se avergonzó tanto que después de que se había lanzado Nanahuatzin, se lanzó también al fuego.

Paso un mucho tiempo de espera por los dioses para que el primer amanecer sucediera, el cielo empezó a ser mas claro y los dioses no sabían por dónde aparecería, al fin por el lado este apareció Nanahuatzin convertido en sol, y poco tiempo después apareció Teccizecatl convertida en luna, los dos astros brillaban casi por igual al mismo tiempo, así que uno de los dioses le lanzo un conejo a la luna y de esa manera opacara su esplendor y dejar brillar al sol, pero ninguno de los dos astros podrían moverse por si solos, necesitarían moverse para alumbrar a toda la tierra, así que los dioses decidieron sacrificarse, para que eso sucediera, Ehecatl dios del viento se encargo de sacrificarlos, uno por uno, y todos sus poderes los guardo dentro de una lleve de obsidiana la cual dirigió directamente al sol y la luna, dicen que el poder fue tal que logro separa a los astros y así desde ese entonces viajan separados.

Ehecatl cuando hubo logrado su propósito, no sabía qué hacer con aquella llave tan poderosa, que guardaba los poderes de muchos de los dioses que se sacrificaron ese día, así que decidido, enterrarla y resguardarla en la pirámide donde Nanahuatzin se preparó durante cuatro días, desde ahora seria conocida como la pirámide del sol.

Por eso dicen que esa pirámide resguarda un gran secreto, decía Don Hipólito.

Cuarta profecía:

Quien por los dioses sea señalado, para convertirse en salvación de la humanidad, deberá llevar la marca de la luna y el sol en comunión, y así cumplir con la tarea que le será asignada, tendrá la capacidad de volver la oscuridad en luz y la muerte en vida. Sera el elegido

El cielo se pintaba de tonos rojizos y amarillos, mientras caían grandes bolas de fuego, que salían de las manos de Mictlantecuhtli, los dioses que en ese momento se encontraban en la Tierra contrarrestaban el ataque, Tonatiuh, Tezcatlipoca, y Tlaltecuhtli, eran los dioses que en ese momento se encontraban en la tierra y trataban de detener la invasión de Mictlantecuhtli, Tonatiuh dios de cielo y del sol considerado el patrón de los guerreros, era el que lideraba la defensa de la tierra, deteniendo con sus fuertes manos, las puertas del umbral del tiempo, trataba de cerrarlas pues fue por esas puertas por donde logro pasar Mictlantecuhtli, el esfuerzo de Tonatiuh era demasiado, pues para tratar de contener las puertas para que no pasaran más seres del inframundo a invadir a la tierra, ocupaba toda su fuerza y sus dos brazos, por eso con la fuerza de su aliento escupía fuego, si por algún momento alguno de los durmientes llegara a pasar por el umbral eran convertidos en cenizas.

Por otro lado, Tezcatlipoca, y Tlaltecuhtli se encargaban de derribar a los durmientes que ya estaban atacando a los pobladores y apagar el fuego que empezaba a incendiar unas de las casas del lugar, se podía ver a un don Hipólito mas joven y Xóchitl, lando al lado de los dioses. Xóchitl peleaba con toda su fuerza controlando los ntos y las tempestades apagando todas las bolas de fuego que podía, por otro lado, n Hipólito lanzaba encantamientos para detener a cada uno de los animales místicos e pasaron por el umbral, diferentes tipos de alimañas, serpientes y monstruos estaban cando el lugar, Don Hipólito lanzo un encantamiento, el cual generaba, a una bestia e naturalmente fuera su contrincante de aquel espécimen, por ejemplo para las pientes, aparecieron mangostas gigantes que terminaban con ellas y que además al inmunes a su veneno no podían morir si alguna era mordida, era una batalla épica nde se podía ver la fuerza que tenia el ejercito de Mictlantecuhtli, y no había logrado sar completo solo logro pasar el 30% a la tierra y sin embargo, estaban haciendo strozos en todos lados, Tonatiuh logro cerrar el umbral y con eso logro que ya nadie s pasara por ahí, fue entonces que le encargo al ejército de los chaneques, que guardara el lugar mientras, que el dios solo Huitzilopochtli generaba un cantamiento para resguardar la puerta y no se pudiera abrir jamás, Tonatiuh corrió a frentar a Mictlantecuhtli ya que al ver que el portal del umbral había sido cerrado, y la vez eran menos sus aliados en la batalla se empezó a replegarse cerca, de telolco ya que el pueblo de los Tlatelolcas solo se unía a los aztecas cuando había nflictos con otros ejércitos, y así permanecieron hasta 1473 que Tenochtitlan por fin conquisto.

ese lugar se había replegado Mictlantecuhtli y el resto de su ejército que todavía edaba, Tonatiuh le persiguió hasta ahí y lo siguió atacando ahora con tal fuerza, que batalla se torno violenta y destructiva destruyendo todo a su paso, como si un gran nado hubiera pasado por el lugar, estaba tan ocupado Mictlantecuhtli con la batalla e no se dio cuenta que por la retaguardia iban llegando Don Hipólito y Xóchitl y por lado llego Tezcatlipoca y por el otro lado Tlaltecuhtli rodeando completamente al or del inframundo, todos empezaron a bombardear con hechizos, encantamientos go agua tierra, en conjunto todos los poderes de estos dioses contuvieron a ctlantecuhtli, hasta que lograron que callera hincado sin fuerzas para seguir hando, fue entonces que Tlaltecuhtli empezó a lanzar unos rayos que tenían doble pósito, por un lado le devoraban la vida y por otro lado empezaban hacer un enorme yo tan profundo en la tierra que no se veía el fin, fue entonces que Tonatiuh lanzo un deroso rayo de fuego que sepulto a Mictlantecuhtli en los mas profundo de aquel ujero mandando a Mictlantecuhtli de nuevo al inframundo, una vez que Tonatiuh ntuvo su rayo, Tlaltecuhtli cerro el enorme hoyo y entonces pudieron descansar pues

los durmientes que por ahí quedaban de pie, en cuanto Mictlantecuhtli fue venci
cayeron al piso y se volvieron cenizas, en ese momento los dioses se juntaron c
Xóchitl y Don Hipólito y les comentaron que se acercaba la época en que los dioses
no podrían estar viviendo entre los hombres, y que debería haber una forma de deter
a Mictlantecuhtli si volvía a pasar algo igual en la tierra.

Fue entonces que se escucho una voz como de trueno, era Quetzalcóatl, tenemos q
dejar a un humano que tenga la capacidad de poder vencer a Mictlantecuhtli ya a
ejército, tendríamos que donarle algunos de nuestros poderes, Yo le daré mi fuego d
Tonatiuh, yo le daré mi poder de absorber la vida por tanto el poder de absorber l
demás poderes de otros seres, yo le daré la capacidad de controlar la naturaleza, y yo
capacidad de volar y mi super velocidad dijo Mizlti, fue entonces que Tonatiuh replic
pero no podemos darle tal poder a un hombre, los hombre muchas de las veces nos h
fallado, se corrompen con facilidad, por eso no le avisaremos a ese hombre que tie
esos poderes es mas no podrá usarlos a menos que realmente sea algo justo y de sur
importancia, fue entonces que Miztli comento pero a que hombre le daremos tal poc
en cuanto Mictlantecuhtli, se entere quien lo buscara y lo matara, por eso nadie de
saber quien es por eso lo elegiré yo dijo Quetzalcóatl, y como sabremos quien es
elegido, aquel que lleve la marca de la luna y el sol en comunión, deberá de cump
con la tarea que le será asignada, tendrá la capacidad de volver la obscuridad en luz y
muerte en vida.

Y que pasara si este humano decide no ayudar dijo Tonatiuh, no podemos intervenir
sus decisiones contesto Quetzalcóatl, solo podemos darle nuestros poderes y rezar p
que llegado el momento ese humano tome la mejor decisión y ayude a la humanida
entonces es todo lo dejaremos así, a su suerte y ya, no Tonatiuh no solo será suer
habrá muchas cosas que deberán pasar y confabularse para que llegue ese momento
esperemos que cuando llegue ese momento, el elegido este los suficientemente madu
para tomar la mejor decisión, por lo tanto nuevamente debemos creer en la raza huma
y dejar nuestra fe de que así será, además estará Xóchitl y Don Hipólito cuidándo
pues ellos se quedaran en la tierra para contrarrestar un poco la maldad q
Mictlantecuhtli ha esparcido en el lugar, diciendo esto los dioses se despidieron
regresaron a su reino.

Capítulo 4

LIBRO 4)

CONEK-METZTLI

CONEK-METZTLI Y EL SECRETO DE LA PIRAMIDE DEL SOL.

Al fin despertaron pues se habían quedado dormidos después de esa gran batalla y escuchar las profecías que Don Hipólito les conto, Daniela se tallo los ojos y sacudió la cabeza parecía que había dormido muchos días, y apenas había logrado descansar unas cuantas horas. Don Hipólito y Xóchitl estaban discutiendo en voz baja cuando Daniela cerco a ellos, al darse cuenta Daniela que se quedaron callados cuando ella llego les pregunto de que hablaban, Don Hipólito le hizo una mueca a Xóchitl para que se callara, pero ella le contesto no Don Hipólito tiene derecho a saber, saber que dijo Daniela, pues que una vez que lleguemos a Teotihuacan si Mictlantecuhtli se ha convertido en el tipo de dios que todos dicen, créeme que no tenemos suficiente ejército para detenerlo, Daniela le tomo las manos a Don Hipólito y le dijo todavía no se cual sea el poder que este dentro de mí pero créame Don Hipólito no me detendré y daré incluso mi vida si es necesario para detener esta obscuridad, al escuchar esto Don Hipólito se le quedo mirando a Daniela, mientras Xóchitl le tomaba el hombro a, Esc no Daniela si alguien ha de dar su vida por esto soy yo, no Xóchitl somos nosotros dijo Don Hipólito si hemos de caer será peleando a tu lado Daniela, Daniela se les quedo mirando y les dijo pues vayamos a Teotihuacan y detengamos a este dios malvado, tengo fe de que alguien mas nos va ayudar para poder enfrentar a este mal, También pienso lo mismo se oyó una voz de arriba de un árbol era Conek -metztli que había estado escuchando lo que ambos decían, yo también pongo mi arco y mis flechas a tu servicio y al igual que ellos si es necesario daría mi vida por salvar la tuya, gracias a todos dijo Daniela pero creo que es hora de partir vayamos en busca de problemas dijo.

Ya llevaban un largo tiempo caminando, Joaquín la Yusca y el Cadejo, Joaquín lo hacía casi arrastrando los pies y les decía creo que es momento de comer algo, ya estoy cansado además no nos detuvimos ni siquiera a dormir, tenemos la encomienda de llegar lo antes posible para poder ayudar a Daniela, por eso no hemos dejado de caminar, pues te diré algo señor cadejo, si no como algo en estos momentos no me muevo más, no todos podemos vivir del aire, en eso replico la Yusca por primera vez estoy de acuerdo con el quejoso de Joaquín dijo la Yusca, pero como le haremos dijo el cadejo ni siquiera tenemos comida, no tenemos comida aun, dijo la Yusca, en ese momento alzo los brazos y empezó a llamar a las aves, así se acercaron diferentes tipos de aves, lechuzas, halcones, zopilotes y les pidió comida, tardaron menos de 30 minutos para poder traer comida, grande fue su asombro de Joaquín al ver que traían de todo tipo de comida, las aves bajaron lentamente cerca de la Yusca y depositaron lo que traían a sus pies, ahora si es hora de comer dijo, Joaquín improviso una silla con un tronco y empezó a tomar de la diferente comida que le habían traído, incluso una de las aves había traído una red con refrescos, y frituras en bolsa, Joaquín se sentó a comer y tomo uno de los refrescos y en esas estaba cunado muy a lo lejos se dio cuenta que ya se alcanzaba a ver la pirámide del sol, se quedó mirando fijamente cuando de repente un pequeño destello en la punta de la pirámide le llamo la atención, fue cuando le dijo a la Yusca oigan estoy mirando algo a los lejos justo en las pirámides en Teotihuacan, el cadejo se acerco y se le quedo mirando y dijo que miras Joaquín, algo un pequeño destello, no alcanzo a ver nada dijo el cadejo, mira ahí esta volvió a destellar, no veo nada dijo el cadejo entonces se acercó la Yusca y también y se quedó mirando detenidamente, yo tampoco veo nada, fue entonces que Joaquín escucho una pequeña voz en su oído, que le decía que fuera a la pirámide del sol, oigan algo esta pasando una voz esta susurrando en mi oído la oyen, no escuchamos nada dijo la Yusca, ya un poco molesta deja de estar bromeando Joaquín, no bromeo en verdad algo o alguien me está hablando, y me esta diciendo que vaya a la pirámide del sol que en ella se encuentra un secreto que nos va a ayudar a derrotar a Mictlantecuhtli, cuando dijo esto ambos se quedaron en silencio esperando escuchar algo, nada Joaquín no escuchamos nada, pues quizás no escuchen nada pero a mi me quedo muy claro y si necesito ir a la pirámide del sol para poder ayudar a Daniela lo voy hacer, y diciendo esto soltó lo que estaba comiendo y se dispuso a empezar a caminar, espera le dijo el cadejo no pensabas que debíamos descansar, si eso fue antes de escuchar esa voz, que fue que escuchaste, me dijo que era Quetzalcóatl y que en el corazón de la pirámide del sol se encuentra enterrado un gran talismán que nos ayudara a vencer a Mictlantecuhtli, ok perfecto quizás haya una razón para que solo tu lo escuches, pero no puedes ir ahí solo seguramente la calzada de los muertos allá en Teotihuacan estará infestada de durmientes para cuando llegues, quizás si pero no puedo fallarle a Daniela, debo de arriesgar incluso mi vida para que ella logre salvar a la humanidad, esta bien dijo la Yusca solo que déjanos ayudar, no podemos dejarte ir solo a ese lugar, pues entonces vámonos ya no queda mucho tiempo, y así empezaron a caminar nuevamente hacia Teotihuacan pero ahora con el firme propósito de llegar a la pirámide del sol para descubrir que secreto encerraba en su interior.

Daniela caminaba cada vez más rápido, casi quería empezar a correr pues estaba segura que Mictlantecuhtli ya había llegado a la ciudad y todo muy pronto quedaría destruido e inmerso en la obscuridad, pronto Conek-metztli se acercó a Daniela y le dijo no te preocupes, seguro no han llegado, además recuerda que Pitsin ya debe de andar muy cerca, Daniela se calmo un poco y voltio a ver a Xóchitl, quien inmediatamente interpreto con los ojos lo que Daniela quería, Xóchitl dijo ya debemos de estar lo suficientemente lejos de Mictlantecuhtli ya podremos usar nuestro poderes, entonces le dijo a don Hipólito como esta, ya recupero las fuerzas, Si contesto, pues entonces hagamos un conjuro juntos, claro dijo Don Hipólito que conjuro es ese, vamos abrir una puerta tridimensional para viajar de un lugar a otro en segundos, esta bien dijo Don Hipólito, solo recuerda que cada vez que hacemos eso quedo fuera de combate un par de horas, y necesito que mientras eso pasa me cuiden por que quedo vulnerable, ok perfecto dijo Xóchitl, no te preocupes por eso nosotros nos encargamos, e hizo un movimiento con su mano y una gran ráfaga de viento se levanto en forma de remolino, inmediatamente Don Hipólito acerco su bastón y pronuncio un conjuro el remolino que era turbio lleno de hojas viento y tierra, se empezó a tornar de color claro casi transparente y del otro lado se podía ver a Joaquín, al cadejo y a la Yusca que ya estaban muy cerca de la pirámide del sol, el primero en pasar por el remolino fue Conek-metztli, que una vez que llego del otro lado, los llamaba para que lo siguieran después paso, Daniela, luego Don Hipólito y por ultimo Xóchitl, al pasar esta ultima el remolino se desvaneció y la puerta desapareció, al llegar del otro lado Don Hipólito se recargo en una roca y después se cayo recostado sobre la hierba, Daniela le tomo en sus brazos y le dijo a Conek-mtztli que lo cuidara, mientras ella y Xóchitl llegaban a Teotihuacan para poner a salvo, a las personas del lugar antes de que llegara Mictlantecuhtli, Conek-metztli no quería aceptar esa tarea sin embargo, Daniela le tomo la mano y le susurro al oído necesito que me ayudes, el casi pierde la vida por traernos además allá va Joaquín y la Yusca, no uniéremos a ellos para y así poder ayudar a mas gente en cuanto lleguemos, esta bien dijo, le sonrió y entonces Daniela empezó a gritarle a Joaquín, Amigo, Joaquín, ya estamos por aquí, Joaquín escucho a lo lejos la voz de Daniela y volteo hacia atrás, se le ilumino la cara de felicidad la ver a su amiga, y corrió rápidamente a su encuentro, cuando llego con ella inmediatamente la abrazo y Daniela con lagrimas en los ojos le decía te extrañe Joaquín, yo también le dijo, pues entonces vayamos, entremos a Teotihuacán para enfrentar al ejercito de Mictlantecuhtli, lo siento dijo Joaquín pero tengo otra encomienda, otra encomienda, que puede ser mas importante que ayudar a la gente, no lo sé Daniela, mientras veníamos para acá, una voz me hablo al oído y me dijo que la única forma en que podíamos ganar, era que yo desenterrara el secreto que guarda la piramide del sol, créeme que te quiero ayudar pero en mi corazón algo me dice que tengo que ir para allá, está bien Joaquín, pues entonces vayamos a Teotihuacan, ya llegando al lugar tu podrías ir a la piramide del sol y nosotros a la ciudadela para poder avisar al pueblo, de lo que está pasando, así todos caminaron rumbo al lugar, pero grande fue su sorpresa pues cuando llegaron al lugar toda la ciudad estaba sitiada por los durmientes de Mictlantecuhtli, fue entonces que Daniela le dijo a Joaquín, tu ve a la piramide del sol mientras nosotros empezamos a distraerlos, y exactamente como harás eso dijo el cadejo, ya se me ocurrirá algo pues solo mira dijo la Yusca y echo a volar un pájaro al cual le había colocado sus propios ojos, el pájaro comenzó a volar por encima del ejercito de Mictlantecuhtli, y se podía ver a diferentes durmientes divididos por colores en sus uniformes, había grupos de bestias y durmientes que empezarían atacar juntos, también traían catapultas con bolas de fuego, al parecer solo esperaban la señal del dios del Inframundo para empezar atacar Daniela hizo un gesto de frustración, pero Xóchitl le tomo la mano y le susurro al oído tranquila, todavía estamos a tiempo, que estás diciendo dijo Daniela que no te has dado cuenta de lo enorme que es su ejército, no dremos vencerlos, a lo mejor no pero podremos detenerlos por un momento se ;uchó una voz atrás de Daniela, era Conek-metztli y Don Hipólito, ya estamos listos ra otra batalla, el cadejo y la Yusca también se ponían en posición de ataque mientras Yusca se colocaba sus ojos de nuevo, en esas estaban cuando escucharon un gran ruendo de las manos de Mictlantecuhtli salían bolas de fuego, llego el momento dijo niela es hora de pelear, Joaquín vete por los túneles para que llegues a la pirámide l sol mientras nosotros vamos a tratar de repeler el ataque, perfecto dijo Joaquín, y ando iba a salir corriendo Daniela le grito, Joaquín lleva esta espada es especial y se lanzo, Joaquín la atrapo en el aire y le dijo porque es especial, me la regalo Pitsin, ro sirve para matar al Nahual o cualquier bestia obscura que se te cruce, perfecto dijo aquín y salió corriendo en dirección contraria de donde se encontraban, se empezaron ercar sigilosamente y empezaron a detener a cuantos durmientes podían, pero fueron scubiertos por el Nahual y tuvieron que salir al ataque de frente a Mictlantecuhtli, e empezó a lanzarles bolas de fuego a nuestros héroes mismas que empezaron a quivar con gran habilidad, y fue entonces Xóchitl empezó a lanzar encantamientos de menta y ráfagas de viento para apagar el fuego, por otro lado Don Hipólito utilizaba n gran maestría su bastón de poder para mandar hechizos y rayos de luz tantos como eran necesarios para detener a los durmientes, la Yusca se transformó en una gran e y empezó a lanzar unos graznidos muy extraños y a lo lejos se podía ver una nube scura que se acercaba rápidamente, era el ejército de los Binkizaka acompañado de grupo enorme de aves, en ese momento también se podía escuchar el grito de el rcito Chaneque el cual iba llegando por el lado norte del lugar, Daniela se alegro de er que ya no lucharían solos por lo menos darían más batalla, se preparaba una gran talla épica por un lado toda la obscuridad reunida por Mictlantecuhtli y por el otro lo, todas las fuerzas de la tierra que pudieron convocar, una gran parte de los bladores del lugar llegaron armados y dispuestos a luchar, todo comenzaría en un mento, basto que Mictlantecuhtli diera la orden y fue entonces que se desato el ierno, por todos lados había escenas de batalla, por un lado el ejercito de los aneques, por otro lado, los pobladores y Conek-metztli, Don Hipólito y el cadejo ien se convirtió en un enorme perro blanco, la Yusca y los Binkizaka, todos atacando mismo tiempo, la batalla era sangrienta y todo el lugar se llenó de guerra.

r otro lado, Joaquín, avanzaba por los túneles rumbo a la pirámide del sol, iba tan ocupado que no se dio cuenta que lo iba persiguiendo un Ahuízotl cada vez que quino volteaba para cerciorarse de que no lo estaban siguiendo, el Ahuízotl se nuflajeaba igual al lugar y de esa manera pareciera que se volvía invisible, cada vez estaba más cerca de Joaquín, pero este ni cuenta se había dado, cuando estaba a pun[to] de salir del túnel su antorcha ya casi se apagaba, fue entones que el Ahuízotl se dispus[o a] atacar así que con su gran cola que tiene en la punta un mano humana lo tomo de [la] mano con la sostenía la antorcha y lo lanzo por el aire afuera del túnel, pues este e[ra] muy pequeño para poder atacarlo y acabar con él, Joaquín no supo que le paso, sal[ió] volando y cayo al piso, inmediatamente el Ahuízotl se abalanzo nuevamente sob[re] Joaquín, este al caer trato de ponerse en pie, mas sin embargo otro golpe con la cola [lo] mando por los aires nuevamente, Joaquín cayo descompuesto, sin aire a punto [de] perder el conocimiento, y fue entonces que recordó su compromiso, de ofrecer inclus[o] su propia vida para ayudar a Daniela, entonces tomo una bocanada de aire y se dispus[o] a pelear, el Ahuízotl se acercó lentamente y empezó a burlarse de él, dime hombrecil[lo] que piensas hacer con esa espada si sabes que mi piel está cubierta de escam[as] impenetrable para las espadas, no importa dijo Joaquín, jure que pelearía hasta el final [y] así lo are, pues entonces muere dijo el Ahuízotl y abrió sus fauces enseñando el enorm[e] par de colmillos que tenía, Joaquín en ves de abalanzase sobre del el dio un paso pa[ra] atrás y se coloco en medio de dos troncos, al Ahuízotl intento morderlo pero los d[os] troncos impedían que cerrara la boca, fue entonces que Joaquín, aprovecho para hund[ir] su espada en uno de los ojos de la bestia, que al sentir la cuchilla de la espa[da] penetrarle aulló de dolor, inmediatamente con su mano de la cola trato de quitarle [la] espada a Joaquín, pero esta vez Joaquín fue más rápido, se dio una maroma [en] dirección de la cola del Ahuízotl y la corto cercenándola de abajo hacia arriba, al dar[se] cuenta Joaquín, que la bestia no tenia escamas debajo del vientre, salió corriendo a u[na] explanada que esta cerca de la pirámide del sol que estaba hecha de obsidiana pura, Ahuízotl mal herido lo siguió y dando un rugido de dolor lo ataco lanzándose sob[re] nuestro héroe a toda velocidad, al mismo tiempo Joaquín corría a toda velocid[ad] empuñando su espada, el Ahuízotl justo cuando se encontraba cerca de Joaquín, dio [un] salto para lanzarse sobre de él, pero justo en ese momento Joaquín se lanzaba [de] rodillas patinando sobre la obsidiana, y hundía su espada en el vientre del anim[al] cortándolo casi a la mitad, el Ahuízotl cayo muerto y Joaquín estaba tirado de bruc[es] viendo hacia el cielo, salpicado de sangre, y exhausto pero vivo.

La batalla en Teotihuacan no tenía fin y poco a poco el ejército de Pitsin y l[a] Binkizaka empezaban a ser mermados, pues el numero del ejército de Mictlantecuh[tli] era enorme y parecía que finalmente ganaría la batalla, fue cuando Xóchitl le dijo a d[on] Hipólito tendré que convocar el encantamiento de los ancestros, Don Hipólito recrimino a Xóchitl, recuerda que los dioses nos prohíben el libre albedrío de l[os] humanos no podemos intervenir con eso, pues en este momento lo amerita yo pagare las consecuencias de mis actos y diciendo esto Xóchitl empezó a lanzar su encantamiento de los ancestros, todo se torno en una gran tempestad de aire y hojas, y fue que sucedió algo increíble, pues de aquel enorme ejercito que la luna había convertido en piedra Xóchitl los mando en rencarnar y volver a la vida, pero ahora en el cuerpo de cada uno de sus herederos de sangre, así que se podía ver a niños y niñas que estaban escondidos en casa o tratando de huir del lugar convertirse en esos temibles guerreros aztecas que eran capaces de ganar todas las batallas, Carlos un niño de lentes que estaba enfrente de una computadora de repente empezó a crecer si medida, casi dos metros y era fuerte como un roble y vestía su atuendo de caballero águila, pronto en su oído susurraba Xóchitl y lo incitaba al llamado de guerra para ayudar a la humanidad, así poco a poco el nuevo ejército azteca se empezó a reunir el la ciudadela dispuesto a vencer a Mictlantecuhtli.

Joaquín se levanto de la plancha de obsidiana se limpio un poco y camino rumbo a la puerta del pirámide del sol, camino un poco titubeante pues a lo lejos se veía la gran batalla que se estaba librando en la ciudadela, Joaquín se quedo mirando a la puerta y bueno como podre abrirla dijo, entonces volvió a escuchar la voz que le dijo, espera a que el sol este alumbrando cerca de las 4:00 de la tarde, en Chinchen Itzá se llevara a cabo el equinoccio y será cuando bajare por la pirámide, y justo cuando empiece a descender será el momento en que ambas puertas, la de la pirámide de Chinchen Itzá y la de la pirámide del Sol, se enlacen y será entonces que se abrirá un portal cuántico para poder pasar, pero será importante que no tardes tanto por que el portal solo estará abierto diez minutos que es lo que dura mi descenso, sin embargo el tiempo dentro de la pirámide del sol es diferente, como te comentaba es un portal cuántico y el tiempo dentro es muy diferente al tiempo de la tierra, así que buena suerte chico espero que logres lo que se necesita para detener a Mictlantecuhtli, me tengo que ir va empezar mi festival en Chinchen Itzá y no me lo perdería por nada, Joaquín calculo la hora con el sol y sabía que necesitaría algo de tiempo pues el portal no abriría hasta después de un par de horas así que se sentó a esperar.

Al frente de la batalla ahora se podía ver a Daniela, a Xóchitl, a Conek-metztli, a Don Hipólito, Pitsin y su ejército, a La Yusca, El cadejo, el ejercito Binkizaka y al enorme ejercito de fieros Guerreros Aztecas que había reencarnado con Chimalcoatl a la cabeza, del otro lado, los esperaban: Mictlantecuhtli, El Nahual, , Tlecuauhtli, varios Ahuízotl , Cipactli una bestia mitad pez, mitad lagarto con una hambre voraz, varias Anfisbenas, y el enorme ejercito de durmientes la batalla sería, entre la humanidad, los dioses, los magos las bestias, todo se confabulaba para ser una batalla que se recordaría en la historia, Chimalcoatl formo a todo el ejército en línea, y empezó a motivarlos antes de la batalla, Su voz sonaba como un trueno cuando empezó hablar. Y mientras daba su discurso empuñaba su arma e iba tocando cada una de las armas de su ejército.

! Hoy hermanos hemos regresado de la muerte para salvar la vida, se que un día descansaremos para siempre, pero hoy, hoy no será ese día, estamos reunidos para salvar a la humanidad de la enorme obscuridad y un día llegara que el hombre no necesite a los dioses, pero hoy, hoy no será ese día, quizás exista un momento en que retiremos a nuestro ejercito y caminemos en paz con la cara sol, pero hoy, hoy no será ese día, hoy es un día de lucha, un día de sangre y tierra, lucharemos enfrentaremos el mal, y ganaremos, y yo les prometo con m arma en la mano, que no descansare hasta que el ultimo durmiente este vencido, y nosotros caminemos juntos hacia la tierra de los dioses.

Entonces señalo con su arma a Mictlantecuhtli y grito ataquen, fue entonces que se abrió el infierno miles y miles de guerreros se enfrentaron en la batalla mas importante por el bien de la humanidad, al grito de Chimalcoatl ,todos corrieron a la batalla, Cone metztli Daniela Chimalcotal, iban al frente cuando por encima les paso volando Xóchitl, Don Hipólito desapareció y apareció enfrente de los durmientes, Daniela activo sus poderes y empezó a correr con super velocidad, para llegar lo más rápido posible a la batalla y atacar.

Mientras tanto Joaquín se encontraba hincado enfrente de la puerta de la pirámide del sol, ya marcaban las 4:00 de la tarde de un momento a otro la puerta se abriría, entonces se escucho un sonido extraño y las piedras que conformaban la entrada de la pirámide del sol, empezaron a moverse en diferentes direcciones, subiendo y bajando, hacia la derecha y hacia la izquierda, se movieron y acomodaron de tal forma, hasta que en medio de la puerta quedo un apertura, de la cual emanaba una luz extraña, Joaquín tomo su espada y entro corriendo al lugar, atravesando al otro lado por aquella luz, al legar al otro lado, Grande fue su asombro de Joaquín pues el lugar, era un replica exacta de Teotihuacán pero pareciera que se había quedado atrapado en el tiempo pues todo lucia, como en la época prehispánica, Joaquín camino hacia el primer pasillo que a su parecer era el mas alumbrado y menos peligroso, lo que Joaquín no sabía es que en cada uno de los caminos los dioses habían colocado trampas, pues no dejarían que la lave que había resguardado Ehecatl tan celosamente, fuera tomada por cualquier humano, así una vez que Joaquín empezó andar el camino, parecía todo normal cada paso que daba hacia adentro de aquel camino la luz se volvía un poco más intensa, Joaquín empezó a caminar entrecerrando los ojos y con paso titubeante pero justo cuando Joaquín ya no podía ver más, todo se volvió obscuridad y el piso donde pisaba Joaquín se abrió y Joaquín cayo a una fosa, en esa fosa solo había una pequeña luz tenue, cuando Joaquín se levanto se tallo los ojos y fue entonces que alcanzo a distinguir, un raro animal, tenia cara de reptil pero con cuerpo de mono y garras de tigre, su nombre era el Xochitonal una bestia que habían capturado los dioses y alojado en esas fosas, porque era un monstruo que tenía preferencia por la carne humana y se dedicaba a cazar a los humanos en la época prehispánica, Joaquín empuño entonces su espada y se dispuso a pelear, el monstruo parecía vacilante primero dio algunas vueltas antes de empezar atacar, Joaquín empezó a caminar sin darle la espalda cruzando los, pies para siempre tenerlo de frente, lo mas extraño es que esta bestia emitía un sonido como el llanto de un bebe, pero lo hacía tan fuerte que aturdía a Joaquín, este tuvo que cortar unos pedazos de tela de su camisa para colocarlo en sus oídos, entonces después de algunas vueltas la bestia ataco a Joaquín, este apenas pudo esquivar su primer mordida, sin embargo no se dio cuenta que una de las principales armas de este animal era su cola, así que la cola se enredó en la pierna de Joaquín, y lo lanzo por el aire, Joaquín cay, descompuesto y había perdido la espada, inmediatamente se pego contra la pared, para que la bestia no lo atacara por la retaguardia, Joaquín empezó a voltear hacia todos lados pero no encontraba su espada, ni tampoco a Xochitonal, entonces como una roca que estaba en el lugar, de repente el monstruo volvió atacar, esta vez Joaquín no tuvo tanta suerte pues el monstruo logro clavarle una de sus garrar en el hombro y lo tumbo al piso, herido Joaquín rodo por el suelo y quedo seminconsciente, mientras el monstruo se preparaba para darle la mordida fatal.

Daniela llego con super velocidad y empezó hacer, pedazos a los durmientes por otro lado Conek-metztli prendía sus flechas con las bolas de fuego que habían lanzado, y así entonces poder vencer a cuantos durmientes pudiera,, por otro lado en medio de la batalla se podía ver a Chimalcoatl y varios de sus guerreros pelando hombro a hombro con Pitsin y su ejército de Chaneques, Xóchitl contenía lo embates de fuego de Mictlantecuhtli, mientras que la Yusca y el cadejo junto con el ejército de los Binkizaka, peleaban ferozmente contra toda la ola de bestias, alimañas y sabandijas que Mictlantecuhtli, llevo a la batalla, cuando el dios del inframundo sintió que estaba perdiendo la guerra, empezó a llamar a los muertos que hasta ese momento no habían sido llamados, así que de diferentes lugares, de los cementerios, de debajo de la tierra de en medio de los ríos por todos lados empezaron a salir durmientes que se empezaron a sumar al ejército de Mictlantecuhtli, Fue entonces que Daniela quedo rodeada de varios durmientes ella se preparaba a correr cuando uno de los durmientes, que era enorme la abrazo y cuando todos los demás se disponían atacarla, fue entonces que Daniela entro en desesperación y en su afán de zafarse, de aquel durmiente, de su cuerpo empezó a emanar una luz azul, y fue entonces que paso un echo extraordinario, Daniela despidió con su cuerpo un pulso electromagnético que hizo volar por los aires a todos los durmientes incluyendo al que la tenía abrazada, entonces Daniela empezó caminar llena de energía con los brazos extendidos lanzaba pulsos electromagnéticos ha cada uno de los durmientes, todos los enemigos que se iban cruzando a su paso salían volando por los aires, era impresionante ver en que se había convertido Daniela, la batalla cada vez era más intensa, por el otro lado Mictlantecuhtli, mermaba al ejército y también causaba muchas bajas, Daniela se fue encaminando rumbo a donde se encontraba Mictlantecuhtli, y mientras caminaba iba limpiando de durmientes, por todo el camino donde pasaba, Xóchitl ya se encontraba un poco cansada, pues aun con toda su fuerza no podía contener, los embates de Mictlantecuhtli, y vio venir a Daniela convertida en un bólido de luz lanzando durmientes por todos lados, entonces asintió con la cabeza y se alegró, le dijo a Don Hipólito ya está sucediendo creo que llego el momento de que la suerte empiece a sumarse a nuestro favor, Daniela no se había dado cuenta pero sus pies ya no tocaban el piso y estaba volando lanzado rayos por todos lados y acabando con una gran parte del ejército de Mictlantecuhtli, cada vez Daniela estaba mas cerca de el lugar donde se encontraba el padre de la obscuridad, pero parte del ejército de Mictlantecuhtli no dejaba que se acercaran a él, habían organizado a su

rcito con tres círculos de protección que impedían que el ejercito de Daniela pudiera
gar a donde se encontraba, Daniela fue atravesando parte de los círculos pero cada
z eran mas los enemigos que impedían el paso, Daniela se empezaba a cansar y a
sesperar pues no llegaba a donde se encontraba Mictlantecuhtli, fue entonces que
:ucho una fuerte voz atrás de ella, Sígame mi señora le dijo Chimalcoatl, nosotros le
-iremos un camino hacia Mictlantecuhtli diciendo esto el feroz ejercito azteca de
imalcoatl empezó a correr acabando con todos a su paso y rompiendo los anillos de
>tección para que Daniela pudiera pasar a enfrentarse, cara a cara con el dios de las
ieblas.

monstruo se fue acercando poco a poco y le dijo a poco creíste que tú te llevarías la
ve, un ordinario y débil humano entrando a mis dominios, pensé que mandarían a
,uien más, a un guerrero fuerte no a este renacuajo, igual me lo voy a comer,
entras el monstruo seguía hablando Joaquín se recuperó se me hizo el disimulado
entras el monstruo caminaba en círculos cera de él, cuando Xochitonal se dispuso a
-le su mordida fatal, abrió la fauces y exactamente cuando iba a morder a Joaquín,
e se despertó y le sambutió la gran Roca que todavía tenía en la mano en el hocico
monstruo, este al sentir aquel objeto que trababa sus mandíbulas y que le sofocaba
sobremanera impidiéndole pasar el aire, sacudió la cabeza para tratar de expulsar la
:a, fue entonces que Joaquín aprovecho y rodo hasta donde estaba su espada la tomo
1 las dos manos y corrió a donde se encontraba Xochitonal, sin embargo al monstruo
• con el rabillo del ojo a Joaquín y se anticipó al ataque, lanzando su cola con tal
:ra que podrían haber derribado un árbol, pero Joaquín esta ves estaba listo, así que
o que la cola de Xochitonal se acercara lo más posible a él y justo cuando le iba a
pear este se agacho y dando un giro corto de un solo tajo la cola del animal, el
>nstruo rugió dolorosamente y sacudió la cabeza con tanta fuerza que la roca salió
zada de su hocico, se lanzó contra Joaquín, pero esta vez al no tener la cola la pelea
: bastante más equilibrada, el monstruo le tiraba mordidas a Joaquín y este las paraba
1 su espada, pero cada que el monstruo lanzaba un ataque, Joaquín lo detenía pero se
haciendo para atrás y no se dio cuenta que había un pequeño agujero detrás suyo, al
• otro paso hacia atrás, Joaquín cayo en el pequeño agujero y cayo de espaldas, fue
onces que Xochitonal aprovecho y logro morder un extremo de su pie, Joaquin grito
rtemente y encogió su pie, cuando el monstruo estuvo cerca le clavo su espada en la
·te derecha de su mandíbula, el monstruo soltó a Joaquín mientras se torcía del dolor,
onces Joaquín se subió a una roca que tenía cerca se preparo y se lanzo como si
ra un gran torero con la espada por delante, y la clavo justo en la espalda de la bestia

atravesando el corazón, Xochitonal dio unos cuantos pasos con la espada clavada entonces cayó muerto, Joaquín se levantó y cojeando camino hacia el monstruo recupero su espada y mientras la limpiaba con el pelaje del animal, le decía en voz baja no me dejaste alternativa amigo, hubiera no querido matarte, pero tu decidiste destino descansa en paz.

Daniela iba volando atrás del ejército de Chimalcoatl, mientras este rompía el ultimo círculo de seguridad, ahora mi señora le decía Chimalcoatl, al derribar una barrica que protegía el ultimo circulo, fue entonces que Daniela cruzo volando, pero grande fue su sorpresa al ser recibida con una bola de fuego que la lanzo por los aires dejándola inconsciente, Mictlantecuhtli lanzo otra bola de fuego para acabar con ella pero fue detenida justo con el bastón de Don Hipólito, tu a mi no me asustas dijo y empezó a lanzar diferentes encantamientos, que mantuvieron entretenido al dios maligno, en ese momento llego Conek-metztli tomo a Daniela y la alejo un poco del lugar hasta que estuvieron en un lugar seguro, empezó a untarle su aceite de hierbas la frente a Daniela, poco a poco Daniela fue recobrando el conocimiento, mientras que Xóchitl y Don Hipólito los protegían de los ataques, despierta dormilona, le dijo estamos en plena batalla y tu te echas a dormir, Daniela empezó a abrir los ojos recordó aquel momento cuando conoció a Conek-metztli, hola otra vez rescatándome dijo mientras se tallaba los ojos, hola le contesto Conek-metztli, de pronto Daniela sobre salto, que paso con Mictlantecuhtli, tranquila ahorita esta entretenido con Xóchitl y Don Hipólito, Daniela le tomo la mano y se incorporo inmediatamente tenemos que ayudar, claro que si pero dime ya te encuentras bien, si claro que si dijo Daniela, soltó de la mano a Conek-metztli y de inmediatamente a super velocidad salió corriendo centro de la batalla, esta vez no sería tan fácil para Mictlantecuhtli, pues Daniela tomo uno de los escudos del ejército de Chimalcoatl y con un hechizo de Don Hipólito ya era tan fácil que los ataques de Mictlantecuhtli, le llegaran hacer daño, así que Daniela se acercó lo suficiente hasta que estuvo más cerca de aquel emperador maligno, y lanzo un enorme rayo magnético y le dio justo en un costado del rostro, fue la primera vez que se pudo ver a Mictlantecuhtli perder el equilibrio y terminar con una parte su rostro en llamas, eso hizo enfurecer al dios de la muerte, quien inmediatamente lanzo un contrataque con toda su furia, Xóchitl previniendo el ataque lanzo encantamiento de lluvia y tempestad, esto hizo que todo el fuego que lanzo Mictlantecuhtli no se expandiera por todo el lugar, Daniela volvió a disparar pero esta vez, Mictlantecuhtli detuvo el disparo con la mano y con la otra mano golpeo a Daniela quien salió proyectada hacia una un pesebre que había en el lugar.

Joaquín se quedó tirado inconscientemente su cuerpo le pedía descanso así que se quedó dormido por un rato, al despertar se restregó los ojos y así salió caminando del lugar iba cojeando y un poco malherido, fue entonces que paso caminando cerca de una fuente, y sucedió que al mirarse en el reflejo del agua algo llamo su atención, ahora Joaquín ya no era un niño, de 12 años ahora era un apuesto y fornido joven de mas de 20 años al cual le apretaban ya sus prendas de vestir que llevaba, Joaquín se quedo estupefacto e inmediatamente volteo a ver sus brazos y grande fue su sorpresa al ver que un par de brazos musculosos, entonces recordó lo que le dijo Quetzalcóatl, Aquí dentro de la pirámide de sol el tiempo se comporta muy diferente, entonces Joaquín se sentó un rato, desconcertado, eso quería decir que había dormido 10 años, no puede ser se dijo seguro ya hasta termino la guerra con Mictlantecuhtli, no pude ayudar a Daniela maldita sea y empezó a llorar, fue entonces que escucho la voz de Quetzalcóatl, tranquilo noble guerrero lo que para ti han sido 10 años dentro de la pirámide del sol para Daniela apenas han sido un par de minutos, así que continua buscando la llave que no falta mucho tiempo para que el portal se cierre, y entonces si solo se abrirá hasta dentro de un año, Joaquín se levanto un poco titubeante y empezó a caminar sin rumbo, solo seguía caminando hacia el lugar que tenía más luz, mientras su mente le jugaba una mala pasada, haciéndolo dudar de lo que realmente estaba pasando, así que se detuvo un momento cerro los ojos y puso la mano en el corazón, que te dice tu corazón pregunto Quetzalcóatl, Joaquín se quedo sintiendo un rato y luego contesto, que Daniela está viva, y entonces que vas hacer, encontrare esa llave y se la llevare para acabar con todo esto, entonces abrió los ojos y salió corriendo hacia el camino que se veía más prometedor, cuando llego al lugar todo parecía un enorme y hermoso jardín donde las flores y los árboles, crecían mas hermosos, y la quietud del lugar parecía sacada de una pintura Van Gogh, cuando Joaquín empezó a caminar por encima de ese hermoso césped escucho una voz estruendosa que le advertía, como osas caminar por este lugar, si solo eres un humano, estas en tierra de dioses por lo tanto no puede caminar aquí, no vengo a importunarlos solo vine a pedir ayuda, ayuda y dime que ayuda necesitas y donde está tu tributo o sacrificio que podrías ofrecerme tu a cambio, como podrás ver no tengo nada, ni Riqueza ni nada que sacrificar pero te ofrezco lo único que tengo en este momento, te ofrezco mi vida a cambio de que me ayudes, tu vida, aquí en la tierra de los dioses tu vida no te pertenece, pero tomare tu propuesta, dime como podría ayudarte vengo en busca de la llave que liberara al mundo de la obscuridad, y dime hombrecillo y por qué habría de dártela por que Mictlantecuhtli, una vez mas cruzo por medio del portal hacía la tierra y esta llenando de obscuridad y maldad el lugar mi amiga Daniela y otros luchan por contener sus ataques, y yo fui el elegido para venir y encontrar el secreto que esconde la pirámide del sol, pues es muy noble el gesto que tienes con tu amiga y con la humanidad, pero ya antes muchos han venido aquí tratando de engañarme dime tu, que tan dispuesto estas a obtener el secreto de la pirámide, no me iré de aquí sin obtener lo que vine a buscar y me juego la vida en ello, a entonces tendrás que luchas por ella, fue entonces que en medio de aquel hermoso jardín en medio de aquel hermoso césped emergió un volcán y dentro de el un enorme dios de piedra cubierto con una armadura roja, era Ehécatl el dios del viento guardián de la llave y protector del lugar, era imponente y del tamaño de un edificio de diez pisos de altura, su voz rugió por todo el lugar y en ese momento todo aquel hermoso jardín quedo calcinado con su aliento, Joaquín tuvo que correr hasta la fuente y zambullirse para no quemarse, cuando Joaquín salió del agua inmediatamente empezó a pensar como podría vencer a tan temible dios y de inmediato vio una montaña de rocas que estaban encima de una montaña, en vez de atacarlo de frente Joaquín se metió por un pequeño hoyo que encontró en la montaña, y así empezó a escalar por dentro de la montaña para tratar de llegar a la cima.

Conek-metztli empezó a correr hacía el lugar donde había caído Daniela, pero quedo asombrado pues en ese momento cuando estaba a punto de llegar al lugar, Daniela se levanto con tal fuerza que empezó a revolotear con ráfagas de aire tempestad y luz mientras se elevaba hacia el cielo, Mictlantecuhtli trato de atacarle nuevamente, pero esta vez, Daniela esquivo sus golpes tan rápido que Mictlantecuhtli no podía tocarla y sin embargo Daniela, si lograba asestar, un sin números de disparos que hicieron que el dios del Mictlán retrocediera, por otro lado Chimalcoatl terminaba de aniquilar a un gran grupo de durmientes del ejercito del inframundo, la Yusca el Cadejo y el ejército de los Binkizaka habían logrado detener el ataque de las sabandijas que había traído a la batalla Mictlantecuhtli, el dios de la muerte al verse superado en la batalla invento un ardid, cuando más fuerte era el ataque de Daniela este trajo una visión de la vida a su mamá y empezó a mostrarle a Daniela como había sido sus días de bebe, como el simple hecho de ser la elegida, hizo que mataran a su mamá y que ella terminara a los cuidados del padre Gelasio, Daniela empezó a titubear y poco a poco se fue apagando su luz, hasta el grado que dejo de atacar y bajo al piso mientras veía su vida pasar Mictlantecuhtli, al verla desprotegida aprovecho la oportunidad y se dispuso atacar pero Conek-metztli se dio cuenta y corrió para proteger a Daniela justo cuando Mictlantecuhtli lanzo su feroz ataque, las bolas de fuego golpearon justo en su blanco por un lado salió volando Conek-metztli y por el otro lado cayo Daniela completamente inconsciente y al parecer sin vida.

Mientras tanto en la pirámide de sol Ehécatl, le gritaba a Joaquín no te escondas hombrecillo, te encontrare y de todos modos morirás solo estas retrasando la hora de tu muerte, por su parte Joaquín seguía escalando se le había hecho eterna la subida a la cima de la montaña, Ehécatl de vez en vez lanzaba bolas de fuego en diferentes direcciones, para ver si tenía suerte y lograba terminar con la vida de Joaquín, pasaron algunas horas para que Joaquín llegara a la cima y una vez que estuvo allí empezó a planear la forma en que podría vencer al dios del viento, una ves que planeo lo que iba hacer, le grito desde la cima, ya estoy aquí empecemos con la pelea, pelea dijiste, tu no eres rival para mi, en ese momento Ehécatl lanzo una ráfaga de viento que hizo volar por lo aires a Joaquín, este se sostuvo de un árbol y regreso, se puso justo enfrente de un par de troncos viejos que sostenían un par de rocas enormes, y le dijo es todo lo que tienes, es todo el poder que pude tener el dios del viento, Ehécatl se enfureció de tal manera que empezó atacar a Joaquín con bolas de fuego que cambiaban de dirección al ser dirigidas con ráfagas de viento, Joaquín apenas pudo esquivar algunas de esas ráfagas que llegaban, entonces Joaquín dio un salto y con su espada le pego a una roca que justo se metió en el ojo de Ehécatl, este se enfureció tanto que duplico el ataque sin darse cuenta que Joaquín se ponía justo enfrente de los árboles que sostenían a las rocas, una vez mas Ehécatl lanzo un feroz ataque y justo dio en los árboles que sostenían las rocas, estas a su vez cayeron, Joaquín apenas pudo escalar algunos árboles porque una gran avalancha de rocas sepulto hasta el cuello a Ehécatl, entonces una vez que el polvo se disipo Joaquín se acerco con su espada y se la puso en el ojo a Ehécatl, ahora me vas a decir donde está la llave o aquí mismo te mueres, entonces paso algo extraordinario, Ehécatl empezó a reír a carcajadas, Joaquín no sabía lo que pasaba así que no dejaba de apuntar a su ojo, venos aquí yo supuestamente vencido por un mortal, Joaquín no entendía muy bien lo que pasaba, así que no dejaba de empuñar su arma de repente las rocas empezaron moverse y Ehécatl se convirtió en viento y desapareció, Joaquín cayo hincado realmente frustrado pues no podría cumplir su promesa a Daniela de llevarle la llave, clavo su espada entre unas rocas y comenzó a llorar de la frustración, de repente se oyó una voz detrás de él, porque lloras noble guerrero. era Ehécatl, ya sin armadura, Joaquín volteo y tomo nuevamente su espada, no es necesario que pelees ya me demostrarte que eres digno de portar la llave, cabe mencionar que serás el guardián en la tierra de esta clase de poder así que debes de ser, muy cauteloso para saber que es lo que vas hacer con ella por esta por demás decirte lo que pude hacer y si has escuchado la profecía quiero decirte que es cierta

Esta es la llave que controla la vida y la muerte, el tiempo, la lluvia y el fuego, la paz o la guerra, La verdad se reflejará en sus manos de la elegida cuando sostenga este poder.

Entonces Joaquín se hinco enfrente de Ehécatl y le dijo noble dios del viento, necesito la llave para poder llevarla a mi amiga Daniela que en estos momentos esta peleando por la vida de la humanidad contra Mictlantecuhtli y este poderoso talismán es la clave para poder lograr la victoria, Ehécatl contesto yo solo te puedo decir el camino pero es tu decisión si la tomas o la dejas donde esta en eso Ehécatl le señalo el camino, aquel camino que en algún momento recorrieron los dioses y terminaba en un enorme horno, tendrás que ir hacia allá y justo en el centro de esa gran hoguera se encuentra llave, Joaquín empezó a caminar hacia la hoguera y pronto soltó su espada pues se empezó a calentar de sobremanera, a cada paso que daba el calor penetraba sus ropas quemándole la piel, Joaquín dudo un momento, y se dio la vuelta como si fuera a regresar, en ese momento Ehécatl, suspiro y agacho la cabeza en señal de desaprobación, luego Joaquín recordó la promesa que le había echo a Daniela, a las innumerables vidas que terminarían sino era valiente, así que regreso al camino y empezó a correr hacia la hoguera, el fuego quemaba su piel y su cabello, el ardor en la piel y el dolor lo hacían jadear pero no se detenía cuando llego al centro del gran horno, el fuego era tan intenso que no podía ver nada trato de buscar la llave pero ya no pudo más y entonces cayó al piso esperando su fin.

Daniela cayo descompuesta y Xóchitl y Don Hipólito corrieron ayudarle para tratar de repeler el ataque de Mictlantecuhtli, Chimalcoatl y su ejército, la Yusca, El Cadejo y el ejército de los Binkizaka, el ejército de Pitsin y los chaneques, todos atacaron con toda su furia al ver que Daniela quedaba tirada en el piso, eso distrajo a Mictlantecuhtli, y dio tiempo para que Don Hipólito recogiera a Daniela y la llevara lejos de la batalla, por su lado Xóchitl levanto a Conek-metztli y lo alejo del lugar, ambos chicos estaban lastimados e inconscientes, la batalla seguía y Xóchitl trataba de ayudar a Conek-metztli a recobrar la conciencia, Xóchitl empezó a desearse pues Conek-Metztli no despertaba entonces empezó a llamarlo a los gritos y lo sacudía fuertemente, para que despertara, entonces lo sostuvo en sus brazo y resignada lo abrazo y empezó a sollozar temiendo que hubiera perdido la vida, entonces se escucho una voz que le decía no me aprietes tan fuerte que no me dejas respirar, Xóchitl entonces lo miro y sonrió dame uno de los frascos que tengo en mi morral, Xóchitl le aproximo su morral y entonces Conek-metztli tomo uno de sus frascos el cual era completamente Azul y se iluminaba como si tuviera luz propia, que es dijo Xóchitl, esto es mi vida es esencia de luna

nek-Metztli le dio solo un pequeño sorbo y de inmediato su cuerpo empezó a brillar
no una noche de luna llena, inmediatamente todas su quemaduras y magulladuras
e tenía empezaron a desaparecer, después de unos minutos el chico estaba como sino
biera pasado nada, fue entonces que recordó a Daniela le tomo la mano a Xochitil y
pregunto donde esta Daniela, Don Hipólito se la llevo también está mal herida,
vame con ella dijo Conek-metztli.

ando Joaquín yacía en el piso esperando la muerte, dio un último suspiro y murió,
onces todo el fuego se apago todo era calma y Joaquín estaba ahí parado junto a
écatl, que paso ya morí dijo no mi niño, fue entonces que Joaquín se dio cuenta que
ıbaba de convertirse en aquel niño de 12 años, no mi niño dijo Ehécatl venciste al
go y de esa manera la última prueba que tenías que pasar para poder llevarte la llave,
o haz conseguido, ofreciste tu vida a cambio de la humanidad, ese el único valor que
ábamos buscando en un humano, eres pequeño pero con u gran corazón, toma la
ve y corre con tu amiga que la batalla no ha terminado, entonces Ehécatl estiro la
no y deposito un talismán muy brillante en forma de llave y se lo entrego a Joaquín,
e lo tomo con todas sus fuerzas y salió corriendo del lugar.

ando Conek-metztli llego con Daniela acompañado de Xóchitl, Don Hipólito tenía a
niela en sus brazos y hacía enormes esfuerzos, para que Daniela volviera en si pero,
 no pasaba entonces Conek-metztli saco uno de sus frascos y le puso la esencia de
rbas que ya en algunas ocasiones había, regresado a Daniela, pero esta vez Daniela
volvía en sí, Conek-metztli volvió a poner esencia y le empezó hablar, pero Daniela
despertaba, entonces empezó a gritar desesperación y le gritaba Daniela, Daniela al
smo tiempo que empezaba a llorar, te falle Daniela te falle y la abrazaba con todas
 fuerzas, Don Hipólito tomo del brazo a Conek-metztli, y lo separo suavemente de
niela, debemos tener respeto por nuestra amiga y nuestra noble guerrera, ofreció su
la y sin embargo no pudo erradicar el mal de la tierra, Don Hipólito no pudo evitar
rar también, Descanse en paz Daniela la elegida, Xóchitl corrió a los brazos de Don
pólito, envuelta en un paño de lágrimas, mientras lo abrazaba le decía y que vamos
er ahora Don Hipólito, lo que Daniela hubiera querido, pelear y dar la vida por que
ctlantecuhtli no domine con su poder a la tierra, y diciendo esto, acomodo a Daniela
una cama de flores y hojas, que Xóchitl había hecho, la deposito en el lugar y volteo
er hacia donde seguía la batalla y entonces dando un grito espeluznante lleno de
der, grito, por la Humanidad, y salió corriendo hacía la batalla y Conek-metztli corría
u lado ambos con los ojos encendidos de ira y listos para dar su vida por la causa.

Capítulo 5

(LIBRO 5)

CONEK-METZTLI

CONEK-METZTLI Y LA NUEVA ERA DE LA LUZ.

Todo estaba en obscuridad, y Daniela solo podía ver la estrellas que brillaban en cielo infinitamente grande, a donde quiera que volteaba solo veía estrellas como flotara en el espacio, en donde estoy se dijo acaso ya estoy muerta, y este es el luga donde tenemos que llegar, no mi niña se escucho una voz de tras de ella, era Quetzalcoatl, que paso lo ultimo que recuerdo es que mientras estaba mirando a mi mamá un disparo de fuego me derribo a mí y a Conek-metztli, pero el cómo está, también esta muerto, no mi niña el sigue pelando contra Mictlantecuhtli, la batalla aun no termina, pero yo estoy aquí quiere decir que si morí, verdad no mi niña resulta que estas en la antesala del descanso eterno, pero yo quiero seguir peleando me dijeron que no podía salvar a la humanidad, pero también vi que fie por eso que mi mamá murió y no quede huérfana, si me quedo aquí posiblemente encuentre a mi mamá, después de todo yo no pedí ser la elegida dijo, así es pequeña niña, solo tu podrás decidir si quieres regresar o quedarte aquí a contemplar las estrellas, en este momento si decides volver todavía hay una posibilidad de que regreses, pero si cruzas por aquel camino ya no habrá vuelta atrás, fue entonces que Daniela empezó a caminar hacia el camino que le había señalado Quetzalcoatl, mientras caminaba empezó a pensar en Todo lo que dejaría en la tierra y en su mente empezó a recordar como si fuera una película, todo lo que había vivido y que la habían llevado hasta ese momento, todas la personas que la ayudaron, las personas que la amaban y en toda la humanidad, entonces se detuvo a medio camino y le dijo a Quetzalcoatl que manera tan egoísta de pensar con tal de que yo esté bien, me estoy olvidando de todas las personas que aun me aman en la tierra y de todas las personas que morirán, después de todo por algo fui elegida entre tanta gente, debo de hacerme responsable de mis actos y mis poderes, necesito regresar, ya estoy lista como regreso le dijo Daniela a Quetzalcoatl, no hay forma de que tu puedas regresar sola, que entonces todo este momento sabias que no podía regresar recrimino Daniela, entonces por que no solo me dijiste estas muerta vete por aquel camino y asi no hubiera sentido remordimiento de nada, ahora que lograste que quisiera regresar, cual es el siguiente paso dijo Daniela, a ti te toca esperar dijo Quetzalcoatl, esperemos que tu amigo Joaquín haga lo necesario, Joaquín que tiene que hacer, solo tomar decisiones igual que tú, porque para que puedas regresar era necesario que realmente lo quisieras sino fuera así, estarías confirmando tu muerte y tu espíritu seria por siempre de Mictlantecuhtli, entonces que debo hacer lo que te había dicho al principio esperar.

Joaquin salió corriendo de la pirámide del sol y de inmediato alcanzo a divisar donde se estaba llevando a cabo la batalla, cuando llego al lugar empezó a correr al frente buscando a Daniela, al no encontrarla se acerco a Conek-metztli, y Daniela donde esta, Conek-metztli volteo y lo miro de reojo entonces se acercó y le recrimino dónde estabas, te necesitamos y tardaste tanto en llegar, que paso le dijo Joaquín, que paso me estas asustando que Daniela esta muerta, en ese momento Conek-metztli abrazo a

Joaquín y le dijo no pude defenderla como se debía y murió, Joaquín empezó a llorar y tomo con cierto coraje el gran talismán que había recuperado de la pirámide del sol, me necesitaba y yo buscando esta baratija, no es ninguna baratija se escucho una voz atrás era Xóchitl que vio llegar a Joaquín, y se acerco Traes la llave que te dio Ehécatl, s contesto Joaquín y entonces destapo el talismán que empezó a destellar con una enorme luminosidad, así que dime que estarías dispuesto hacer para ayudar a Daniela, Joaquín se limpio las lagrimas con las manos y le contesto todo, en verdad todo y entonces vayamos donde se encuentra todavía queda tiempo, Conek metztli pregunto tiempo de que, de volver a la batalla grito Xóchitl y salieron corriendo, al llegar al lugar, ah estaba Daniela recostada sobre las flores, inmediatamente Joaquin salió corriendo y empezó abrazarla mientras lloraba, Xóchitl llego detrás de el y lo levanto de un brazo no tenemos tiempo, necesito que seas valiente y que me pongas muchas atención escucha lo que te digo esta es la una de las profecías del Chaman y decía así **Esta es la llave que controla la vida y la muerte, el tiempo, la lluvia y el fuego, la paz o la guerra, La verdad se reflejará en sus manos de la elegida cuando sostenga este poder.**

No entiendo dijo Joaquin, lo que pasa mi querido amigo que le daremos un ligero giro a esta profecía y en vez de que sea Daniela la elegida, lo serás tú, que dijo Joaquin pero los dioses escogieron a Daniela por es la elegida, lo sé pero tu ofreciste tu vida po ayudar a Daniela y Ahora es el momento para que seas tu quien salve a la humanidad y ofrezcas tu vida a cambio, entonces Joaquín se le quedo mirando Xóchitl y sin titubea saco el talismán y lo colgo en su cuello, en ese momento todo se lleno de fuego alrededor de ellos, los ojos de Joaquin empezaron a cambiar de color y se volvieron rojos, su piel se volvió un poco áspera y de su cuerpo empezó a despedir una luz intensa y emanaba un calor muy especial, Joaquín le dijo a Xóchitl me siento increíble podría comer tachuelas, hay que enfocarnos ayuda a Daniela a regresar la necesitamos con nosotros, Joaquín se hinco y puso una de sus manos sobre el corazón de Daniela, y empezó a verter su poder sobre el corazón de Daniela, inmediatamente el corazón de Daniela empezó a latir, en ese momento Daniela sintió que algo pasaba allá donde se encontraba con Quetzalcóatl, que esta pasando dijo Daniela, pasa que Joaquin ya tomo la decisión y regresas a casa, y así Daniela se empezó a poner transparente y desapareció del lugar, de repente aquí en la tierra donde se encontraba el cuerpo de Daniela, ella se levantó dando una bocanada de aire e hiperventilando, inmediatamente Xóchitl se agacho abrazarla, pensé que te habíamos perdido mi niña que me paso, y tu quien eres le dijo a Joaquin, no lo reconoces dijo Xóchitl, Daniela se le quedo mirando y dijo Joaquin eres tú, este asintió con la cabeza Daniela se levanto del lugar e intento abrazarlo sin embargo paso algo inusual, al abrazarlo Daniela empezó absorber sus poderes como aquel día cuando le dio la mano a Conek-metztli, entonces Joaquin la separo y le dijo, Que gusto me da Daniela que regresaras con nosotros, mas gusto me da Joaquín pero mírate en que te has convertido, fue entonces que Xóchitl tuvo que decirle, Joaquín se ha convertido en el elegido, como dijo Daniela pero eso como fue, tuvo que adquirir los poderes de los dioses para poder revivirte, sin embargo cuando tomó la decisión también tomo la decisión de sacrificarse por la humanidad, Daniela miro a Joaquin y le dijo gracias amigo, fue entonces que Xóchitl le dijo perdón que los interrumpa pero la batalla sigue y nuestros aliados cada ves son menos entonces Daniela miro a Joaquin y le dijo que dices amigo, vamos a terminar esto de una vez, claro que si Daniela, entonces Daniela empezó a flotar por los aires, lista para atacar con las dos manos llenas de fuego, de repente Joaquín empezó a crecer del tamaño de un gigante, a la vez que crecía una armadura de dios azteca iba creciendo con el protegiendo todo su cuerpo, es hora de pelear dijo y así corrieron hacia la batalla.

Conek-metztli, se sorprendió al ver llegar aquel gigante con armadura pero mas grande fue su asombro, al ver que Daniela lo acompañaba, todos parecían cansados por la batalla, pero al ver a Daniela llegar, tomaron fuerzas nuevamente y empezaron a pelear con más fuerzas, Conek-Metztli sonreía cada que lanzaba una de sus flechas, pues en su rostro se reflejaba la alegría de ver nuevamente a Daniela, Chimalcoatl y su ejercito empezaron a diezmar el flanco derecho, mientras que Pitsin y compañía el flanco izquierdo, poco a poco Mictlantecuhtli empezaba a quedar rodeado, por Daniela y sus aliados, cuando Joaquin llego directamente contra Mictlantecuhtli, una pelea épica empezó a desarrollarse donde la fuerza, y los poderes de ambos hacían temblar la tierra, ambos eran enormes y sumamente fuertes así que cada golpe que se daban retumbaban por todo el lugar, mientras tanto la Yusca, el cadejo y el ejército de los Binkizaca tomaban la retaguardia, del lugar y lograban cercar a Mictlantecuhtli, quien empezaba a sentirse cada vez más acorralado y eso lo hizo empezar a replegarse pero a la vez al sentirse acorralado Mictlantecuhtli, empezó a sacar todo su poder y comenzó hacer estragos por todo el lugar mientras eso sucedía Daniela y Joaquin trataban de contener los embates de Mictlantecuhtli, pero este comenzó a lanzar diferentes hechizos pero uno en especial fue el que los hizo temblar, fue cuando Mictlantecuhtli para tener más poder empezó a chuparle la vida a todo el lugar, animales, árboles y personas quedaban completamente hechos cenizas, mientras Mictlantecuhtli se fortalecía a tal grado que empezó atacar a los aliados de Daniela y los primeros en caer fueron Pitsin y su ejercito uno a uno empezaron a volverse de ceniza y después se desmoronaron y desaparecieron, Joaquin intento detener a Mictlantecuhtli pero este estaba muy fortalecido y lo lanzo por los aires, cayendo cerca de una montaña, mientras tanto Daniela seguía lanzándole, rayos para tratar de detener tal poder, Joaquin se acerco a Daniel y le dijo Daniela, no podemos detenerlo, si estamos separados, a que te refieres Joaquín que estos poderes no debería de tenerlos yo, pues te pertenecen tu eres la elegida, pero ahora tu los tienes Joaquin dijo Daniela, vamos a encontrar una manera de detenerlo, tu sabes que solo hay una manera le dijo Joaquin a Daniela y es con el poder que tienes ese que absorbe los poderes, pero Joaquin esto te mataría, Daniela sabes que no hay otro camino, en eso estaban cuando Mictlantecuhtli lanzo su poder sobre el ejército de Binkizaca, convirtiéndolos en ceniza, Daniela sino lo decides pronto no habrá nada que salvar, en es momento Mictlantecuhtli empezó a tomar tanto poder que destruía hasta su propio ejército, todo a su arreador empezó a convertirse en cenizas, Xóchitl miro de reojo a Don Hipólito, llego el momento de que tome su decisión, Daniela empezó a llorar no es justo, no lo es Joaquin, Joaquin la apaciguo y le dijo no te preocupes todo va estar bien, entonces Joaquin se hizo de tamaño normal y empezó a correr hacia Daniela, Daniela llorando le decía, no Joaquin no, pero este no se detenía corrió hasta estar frente a ella y le dijo hazlo Daniela no toco pelear por la humanidad, Daniela llorando estiro los brazos y abrazo a Joaquin, con todas sus fuerzas, en ese momento Joaquin se contrajo en un rictus de dolor y de satisfacción al saber que salvarían al mundo de aquel mal, Daniela empezó a absorber cada uno de los poderes de Joaquin, los dos chicos empezaron a gritar pues, por un lado Joaquin sentía como Daniela le arrancaba la vida, y por el otro lado Daniela no quería quitarle la vida a su mejor amigo, todo se lleno de luz y de repente todo quedo en silencio, solo sobre los brazos de Daniela se encontraba el cuerpo de Joaquin ya inerte, Daniela le quito el talismán y lo colgó de su cuello y entonces le dijo a Xóchitl cuídalo es hora de terminar esto, Daniela dio media vuelta e inmediatamente se convirtió en un enorme guerrero azteca con vestimenta de caballero águila, su cuerpo estaba lleno de luz corrió entonces hacia donde se encontraba Mictlantecuhtli, mientras el rey del inframundo trataba de detenerla mandando oleadas de fuego permanentes, pero Daniela no se detenía solo con sus manos podía rechazar todos los ataques de Mictlantecuhtli, cuando Daniela estuvo enfrente del el lo tomo de las manos, lo cubrió con una enorme burbuja y empezaron a elevarse hacía el infinito cielo, nadie sabía lo que pasaba solo se veían explosiones, truenos y todo el cielo que se había cubierto de nubes retumbaba, dentro de la burbuja Daniela no soltaba los brazos de Mictlantecuhtli, que intentaba escaparse, sin embargo algo empezó a pasar, Daniela comenzó absorber los poderes de Mictlantecuhtli, este al

tir que su fuerza lo abandonaba, intentaba con todas sus fuerzas separarse de
niela, pero ya era muy tarde mientras Daniela lo tomaba cada vez más fuerte de sus
s salían ráfagas de viento que perturbaban cada vez mas al dios del inframundo,
niela siguió absorbiendo cada vez mas el poder del maligno dios, mientras, más
bil se encontraba más pequeño se hacía y Daniela se hacía más fuerte, mientras
ctlantecuhtli empezaba a dar signos de que estaba a punto de morir, Daniela empezó
ajar la burbuja a la tierra cuando, al fin tocaron el suelo, Daniela quito la protección,
no a Mictlantecuhtli, completamente acabado, se encontraba muy débil y se veía
y pequeño como si fuera un niño, Daniela volteo a ver a Xóchitl y a Conek-metztli,
momento de acabar con esto alzo sus manos al cielo y entonces empezaron a caer
ámpagos en sus manos, fue tanta la energía, que acumulo, que sus brazos brillaban
nos de poder, después tomo todo ese poder y lo lanzo sobre Mictlantecuhtli, en ese
mento la tierra se abrió y se hizo un enorme hoyo muy profundo por donde cayo
ctlantecuhtli empujado por los rayos que Daniela le lanzaba, el gran agujero llego
ta la tierra del Mictlan aprisionando, por otro siglo más al dios maligno.

a vez que Daniela sepulto a Mictlantecuhtli, cayo rendida y en llanto Xóchitl se
rco y le dijo tranquila mi niña, ya termino todo, si Xóchitl ya termino, pero a que
sto, mira a tu alrededor no quedo casi nada, no pudimos salvar a muchos amigos,
luyendo a mi mejor amigo Joaquin, eso no es del todo cierto dijo Don Hipólito, que
iere decir, pregunto Daniela, pues si pusiste atención te voy a recordar una de las
ofecías.

uien por los dioses sea señalado, para convertirse en salvación de la humanidad,
berá llevar la marca de la luna y el sol en comunión, y así cumplir con la tarea
e le será asignada, tendrá la capacidad de volver la oscuridad en luz y la muerte
vida. Sera el elegido.

e quiere decir Don Hipólito. Que tienes el poder de devolver todo como cuando
pezaste en esta aventura contesto el chamán, está seguro, claro que, si dijo Don
pólito, Daniela miro a Xóchitl y esta asintió con la cabeza, Que necesito hacer Don
pólito, solo cerrar los ojos y desearlo con todo tu corazón, tu mente hará el resto,
uerda debes estar completamente segura que tú eres le elegido.

niela dio unos pasos hacia adelante y tomo de las manos a Conek-metzlti, que te
ece viejo amigo podremos empezar de nuevo, claro que sí, pero esta vez ya no
dré que salvarte, así será dijo, solto a Conek-metztli y camino al centro de la
dadela donde todo había quedado destruido, cerro los ojos y tomo con las 2 manos el

talismán, y empezó a recordar cada uno de los detalles de lo que mas le gustaba c
lugar y sus alrededores, su mente empezó a volar de forma estrepitosa, trayendo tant
recuerdos y con tal detalle, que todo perecía un remolino de imágenes y recuerdos.

Cuando todo estaba en calma, Daniela se encontraba acostada sobre un jardín, lleno
flores, entonces abrió los ojos, y se percató que a su lado se encontraban, todos s
amigos, Conek-metztli, Joaquín, Xóchitl, Don Hipólito, Pitsin el Cadejo y la Yuzca
lo lejos podían ver al ejercito de Pitsin y de los Binkizaca, Daniela se froto los ojos c
las manos y entonces preguntó todo está como antes verdad Don Hipólito, si mi niña
fue gracias a ti, inmediatamente Daniela abrazo a Joaquin, ven acá travieso si se
ocurra volverme a dejar, pues a ti no se te ocurra volver abrazarme, jajaja y tod
rieron, Daniela sonrió al mirar a su alrededor y ver aquel lugar tan hermoso, entonc
tomo de la mano a la Yuzca y le dijo necesito un gran favor, dime entonces Daniela
acercó a su oído y le dijo un secreto, jajaja claro dijo la Yuzca, entonces empezó hac
un sonido raro y entonces 3 águilas enormes llegaron al lugar y bajaron justo enfre
de ellos, dígame mi señora dijeron las águilas dirigiéndose a la Yuzca, amigos pued
ayudar a Daniela y sus amigos a dar un pequeño paseo, claro que si contestar
entonces Daniela le dijo a Joaquin y a Conek-metztli vamos súbanse, así cada chi
monto una de las águilas y estas emprendieron el vuelo, empezaron a volar por l
alrededores, pasando por los campos de sembradío, las pozas y todos aquellos lugar
por donde habían estado nuestros héroes, Daniela estaba feliz pues nunca el valle hab
lucido tan hermoso como en ese momento, volaron por un largo rato hasta q
regresaron a la ciudadela, donde los esperaban Don Hipólito y Xóchitl, Daniela bajo c
ave que la llevaba, y se acerco a sus amigos, Daniela creo que es hora de que viv
como una niña de tu edad, le dijo Don Hipólito, como no comprendo dijo Daniela, q
llego el momento de que nos entregues el talismán dijo Xóchitl, como por que, d
Daniela, por que ese poder te fue concedido para salvar a la humanidad, ahora que
has logrado es momento de regresarlo a los dioses, está bien dijo Daniela, entonces
hinco y se quito del cuello el talismán, inmediatamente Xóchitl, lo envolvió en u
manta, y le dijo tu ya no te preocupes desde ahora esta será nuestra responsabilidad.

Claro que si dijo Daniela, ni quien quiera estos poderes ja, Joaquin le tomo la man
Daniela y le dijo a veces es difícil soltar las cosas verdad, así es dijo Daniela, y que v
hacer con el preguntó Daniela, se lo daremos a uno de los dioses que lo resguarde p
no aquí en la tierra sino, allá en la tierra de los dioses, eso llamamos a uno de l
dioses mas confiables para la tierra, fue entonces que se empezó a es cuchar u
melodía tenue y aquel olor a flores y hierbas peso a inundar el lugar, entre bruma

neblina se podía ver a la hermosa diosa Luna bajar al lugar, se acerco a Conek-metztli y le dio un beso luego tomo el talismán, pero justo cuando empezaba a volar para regresar, Daniela le dijo Diosa Luna, puedo pedirte un enorme favor, claro que si mi niña dime, podrías liberar al ejercito de Chimalcoatl, es hora de que descansen en paz, yo creo que ya lucharon demasiado, claro que si mi niña, la Diosa Luna solo hizo un pase con su mano y todas las estatuas del ejercito de Chimalcoatl se desvanecieron y sus almas de guerrero empezaron a viajar hacia un nuevo mundo, listo deseo concedido, gracias dijo Daniela, así la Diosa Luna se fue entre la bruma y el olor a flores, vaya que le pone producción a sus entradas tu mama le dijo Daniela a Conek-metztli, jajaja todos rieron es hora de partir dijo Xóchitl a Don Hipólito así es contesto este, Daniela nuestro propósito aquí se ha cumplido es hora de marcharnos, Daniela corrió abrazarlos y les dijo los voy a extrañar mucho, nosotros también, pero pórtense bien por que lo estaremos vigilando, esta bien dijo Daniela seremos buenos chicos verdad, les pregunto a Joaquin y Conek-metztli, claro que si sonrieron entonces Daniela agarro con la mano Derecha a Joaquin y con la mano izquierda a Conek-metztli y camino con ellos viendo hacia el ocaso de la tarde siempre estaremos juntos verdad, claro que siempre lo estaremos contestaron y se quedaron mirando el hermoso atardecer.

Made in the USA
Coppell, TX
23 December 2024